U0904074

佛佑法门

商成勇　岳南／著

帝国历史再发现

DIGUOLISHIZAIFAXIAN

陕西师范大学出版社

目录

引子

「释迦牟尼」

引子 释迦牟尼

◎ 摩耶夫人梦白象入胎

二千五百年前，在古印度北部，白雪皑皑的喜马拉雅山南麓，巴格马提河和比兴马提河的交汇口处，有一个富裕的国家——迦毗罗国。

迦毗罗国的国王净饭王，是释迦族中一位德高望重的族长。自从做了国王之后，这个国家被他治理得兴旺发达，繁荣鼎盛。

净饭王的王妃摩耶夫人，性情温和贤淑，美丽绝伦。自从她十八岁被选进王宫作了王妃之后，夫妻两人情深意笃，恩爱异常，没有红杏出墙之类的意外事故发生。

但如同世间万事万物总有不完美的地方一样，净饭王夫妻一起生活了二十多年，摩耶夫人已年近四十，眼看着脸越来越黄，腰越来越粗，但就是没有一儿半女从肚子里钻出来。这使得夫妇俩都感到非常烦恼。

正在焦急又不知怎样才能遂意的时候，一天晚上，摩耶夫人入睡后突然看到一个相貌堂堂的大汉，骑着一头白象向她奔来，人和象的周围飘荡着五彩祥云。当来到她面前时，人和象突然越来越小，围着她转了几圈，尔后猛地从她的右肋处钻入她的腹中。摩耶夫人惊恐莫名，骤然大喊一声转醒过来，方知自己刚才做了一个离奇的梦。

第二天，夫人把梦见白象入腹的事详细讲了一遍，净饭王听罢，认为这可能是个吉兆。这果然被净饭王言中，不久以后，摩耶夫人有了身孕。当她怀胎十四个月时，临产的日子就要来到了。按照当时的风俗，夫人乘车带着随从回娘家临产。当护送车队行至国都城外蓝毗尼的时候，摩耶夫人被此处明媚艳丽的春光所陶醉。她忘记了自己不适的身体和肚腹中翻转碰撞的小生命，命令护卫停车赏春。

蓝毗尼迷人的风光使摩耶夫人留连忘返。正在这时，摩耶夫人忽然觉得肚子阵阵作痛，刚想转身上车，不料惊动胎气，羊水迸出，身下一片血红，王子降生于大地。摩耶夫人仰靠在湖边一棵无忧树下，幸福地闭上了双眼。

小王子一出世，便挣脱母体，蹦到湖中伸出的一尊莲花之上，一手指天，一手戳地，作狮子吼："天上天下，惟我独尊。天上天下，惟我独尊……"

随着吼声，大地在微微颤动，天空的五色彩云飞卷而来，两道银线似的甘露净水自云端缓缓降下，沐浴着王子的肉体。天空大地百鸟歌唱，天乐齐鸣。小王子周身散发着馨香圣光，微笑着迈向人间大地。

——这一天是公元前565年，阴历四月初八。

多少年后，这位王子修道成佛并成为始祖，他的弟子们将这一天称为"浴佛节"或"佛诞节"。

冬去春来，光阴荏苒。悉达多太子逐渐长大、成亲、生子，一切似乎都按着常规在进行着。

然而，太子在皇宫中住了近二十年，却越来越感到生活呆板沉闷，缺少活泼清新的气息。

一天，太子到野外散步，看到一群喜鹊正在和一群乌鸦争斗。他看了许久方才明白，原来是乌鸦要抢占喜鹊的窝，喜鹊当然不让，于是双方发生一场厮杀搏斗。交战双方均是皮开肉绽，血滴飞溅，悲鸣不断。悉达多为鸟类的相残而悲哀，他拾起一

◎ 牧女奉乳

块石头掷向树梢，惊飞了交战的喜鹊和乌鸦，然后登上象车，向宫中走去。

路上，突然有一个人从沟中爬了出来，疾进的象车险些将他撞倒。悉达多太子细细地打量起这位呆立不动的人，只见此人头发、胡子白如飞雪，面如黄蜡，满脸纵横交错的褶皱，全身上下骨瘦如柴，躬腰驼背，手里拄着一根木棍，情形极为可怜。太子上前扶住老人，亲切地问他从哪里来，又到哪里去？

老人回答："我是一个无家可归的人。"老人的嘴一张一合，可以看到他的牙已全部掉光，张开的嘴如同一个阴森森的黑洞，令人备感岁月的沧桑、人生的短暂、命运的残酷。

一丝悲苦袭上悉达多的心头，他望着这位饱经沧桑的老人，再一次问道："老先生，您有儿女吗？"

老人面带怒色，回答道："儿女？有。可有儿有女又有什么用呢？他们嫌我老了，不能为他们做事了，就盼我早些死去，还把我赶出了家门。"老先生说着说着，已泣不成声。

"那我把您带回宫中，为您养老送终吧。"太子沉思了一会儿说。

老人苦笑着说："我十分感谢你的大恩大德，可我不能随你进宫。你可以给我饭吃，给我衣穿，可你无法让我的头发变黑，让我的聋耳听到声音，让我掉光的牙齿再生出来，我需要的是生命青春的再来。"

面对老人那富有哲理的问话，太子无言以对。

老人躬身向太子深施一礼，然后拄着拐杖，踉跄而去。

太子站在那里，呆呆地望着老人远去的背影，直到老人消失在丛林树木之中。

太子重新坐上象车，令御手驱车回宫。正行进间，象车突然又停了下来。

一位侍卫官跑上来禀报："前边有一位麻风病人躺在大街中心乞讨，不肯让路，我已吩咐侍卫把他拖开。太子稍候，待病人移开，即可起驾。"

太子下了象车走上前去观看，只见一位40多岁的男子躺在路中间，全身衣服破烂不堪，头发已经脱光，满脸脓疮，鼻骨已经烂掉，露着两个污秽恐怖的眼洞，两只眼睛向外浸淌着殷红的血水，看上去人妖不分，鬼魔难辨。那早已烂掉的双脚和双手，使他无力行走，只有滚爬在地，辗转行乞。

悉达多太子望着望着，不觉泪水溢出眼眶，他大步来到麻风病人面前，躬身温和地说：“我很同情你的不幸遭遇，不过我没有带钱，只是身上这件衣服还能够换得钱来，你将它卖掉，换些钱治病吧。”太子说着，就要脱身上那件缀满珠宝的衣衫。

麻风病人吃力地坐起来，伸出一只溃烂流脓的胳膊阻止了太子的行动。他用含混不清的声音说道：“虽说您的宝衣价值万金，可仍然不能使我的病治好，我这种病是人间无法医治的。尊贵的太子，我需要的是健康的身体，而不是珠宝。请问，您能给我一个健康的身体吗？”

太子摇摇头，长叹一口气，无奈之下，只得转身回宫。

耳闻目睹人生的苦难，令太子非常痛苦。终于有一天，他决定走出深宫，去寻求一条摆脱人类苦难的大道。他要出家修行，为苍生，也为自己。

公元前536年，29岁的悉达多离开王宫，开始了自己的修行之旅。

悉达多来到苦行林后，便舍弃了宝马和华贵的衣衫，遍访各处进入林中苦炼修行之人。当他几乎访遍了利用止语、倒悬、火焚、烧臂、断食等形形色色、千奇百怪的苦行者后，感到十分失望，这些苦行者没有一个能回答他提出的彻底解脱人生痛苦的问题。于是，他放弃了这种参学生活，独自一人来到伽耶山附近的苦行林中，开始了新的苦行生涯。

悉达多身穿破衣烂衫，每天只吃一顿粗饭，并跟其他修行者一样，对自己的肉体实施种种苦刑，以寻求渡越“生死大海”的真谛。他的身体一天天消瘦下去。

时间像悉达多修行处的尼连禅河水一样悠悠而逝。一晃六个年头过去了。太子的修行毫无结果，只是他越来越感到，人们所以有烦恼，最根本的症结是心地的不净。而要清除人们心灵中的污垢，只靠年复一年地折磨自身的肉体和精神是达不到所追求的那个至高无上的目标的。

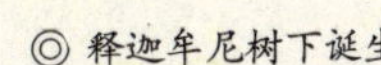
◎ 释迦牟尼树下诞生

经过痛苦、严肃的反思，悉达多决定放弃这种毫无希望得道的苦行生活。他站起身，向不远处的尼连禅河走去。

滚滚奔流的尼连禅河水，清澈碧绿，凉爽宜人。

悉达多脱去身上的破衣烂衫，进入河中。他撩拨着水花，将覆盖在身上的污垢慢慢洗掉，又在水中漂浮了许久，才缓缓走上岸来。

当他在柔软的沙滩上刚走出几步后，突然袭来的一阵头晕目眩，使他倒了下去，昏迷不醒。

不知过了多少时候，一个名叫难陀波罗的美丽少女，头顶一罐新鲜的牛奶，从河边经过。她发现了昏迷中的悉达多，并以一种慈悲救世的心情，将牛奶喂进悉达多的嘴里。

太子喝了少女喂进的牛奶，慢慢苏醒过来，感到周身充满了力量。他站起来，冲少女深施一礼，感谢之后，便独自一人渡过尼连禅河，向高耸秀丽的伽耶山走去。

伽耶山位于古印度波罗奈斯国的西北部，神奇的大自然赋予了这里绝美的风光，山上山下万木竞秀，秀草飘动，鲜花盛开。在这花香草露、树影婆娑中，一道道溪流潺潺从其间流过，在长藤密林中迂回缠绕，清脆悦耳，而那洁白如絮、升腾不止、缥缈不定的缕缕烟雾，更映托出山体林海的空灵与神秘，清新与虚无……悉达多心旷神怡。

当他来到伽耶山的半山腰时，一棵枝粗叶茂的菩提树，使他的精神为之一振。他走上前来，双手抱住树干，眼望遮天蔽日、纵横交错、硕大无比的树冠，心中涌起一股莫名的温情与亲近之感，这股温情使他再也不想离开，他要在这棵树的庇护下重新开始修行生涯。

当悉达多刚要在树下一块圆石上坐下时，身后传来了一个男童的声音："喂，修行的先生，你知道眼前是块什么石吗？"

太子望着从树丛中闪出的身背柴草的男童，又看看身边那块光洁如玉的石头，摇了摇头。

"这是金刚石，先生要在这里修行，我愿意把身上的柴草铺在石头上，给你当垫子。"男童说着，将柴草放在金刚石上。

悉达多道了谢，又不解地问道："这是什么草？"

男童笑了笑说："这叫吉祥草，要修行，就得坐在这种草做成的垫子上，只有这样才成正果。"

悉达多再次谢过男童，端坐在金刚石和吉祥草上，在菩提树的呵护下结跏趺坐[①]，心中默发大愿："我悉达多不悟到无上正觉，不离此坐，宁可就地而死……"

◎ 佛为众生说法

这个极具悲壮意味的誓愿一经发出，他便闭目静思，开始了那伟大觉醒的最后一瞬。

太子静静地坐在菩提树下，整个心灵渐渐进入一种不散不乱、无欲无物、纯洁忘我的境界。太阳落山了，月亮悄悄升了起来，斑驳明亮的银光从树叶的缝隙里射下来，洒在这位修行者的身上，点点露珠从树叶上慢慢滑下，轻轻落到这位伟大先哲那光洁的头顶。伽耶山中，菩提树下，圣者的心灵渐渐融入天地宇宙之中，天地阴阳形成了一个法轮常转、永无休止的整体。

悉达多趺坐到第七天夜里，渐渐领悟出，众生要想解脱这世间生老病死的苦难，惟有修学四圣谛和八正道，才能真正圆融证法，转述成悟。"众生无一不是置身于汪洋无边的苦海之中，只有修得此道，方能安抵彼岸，免去这无尽无休的生死苦厄……"他想着，并默默地念着。这八正道就是：正见、正思、正语、正业、正命、正精进、正念和正定。四圣谛是：苦谛、集谛、灭谛、道谛。

如果世间芸芸众生都能身体力行、圆满实践这八正道、四圣谛，人身和社会都将得到净化，三千大千世界[②]将充满无尽的安乐、祥和与幸福，悉达多顿悟此道，脸上现出会心的微笑。

正在这时，天空忽然现出一道耀天刺目的闪电，接着是一声振聋发聩的炸雷，悉达多顿感四周山崩地裂，地火突爆而出。霎时，整个天地劲风啸啸，烈焰飞腾，雷鸣阵阵。地动山摇中，硕大秀丽的菩提树行将被劲风折断，金刚石在烈焰的灼

① 结跏趺坐：佛教徒坐禅的一种姿势，即交叠左右足背于左右股上而坐，亦称吉祥坐。
② 三千大千世界：佛教名词，简称大千世界。后泛称广阔无边的世界。

◎ 释迦牟尼尊像

烤中行将炸裂。

悉达多仍趺坐不动，正念观察，发心默念："八正道，八正道。天上天下，惟我独尊。天上天下，惟我独尊……"

在默念中，忽然又是一阵雷鸣，大雨倾泻而下，爆燃的地火霎时变成了死灰，狂奔的劲风收拢了肆虐的脚步，天空立时繁星灿灿，明月皓然，大地一片清新，空气中再度荡漾起鲜花草露的芳香。

悉达多猛一抬头，只见一颗光天耀目的明星忽地从东方升起，横亘夜空——这一刻，他完成了最后的顿悟。

他微垂眼帘，看见了宇宙星辰的运转，万代人世的转回，生生灭灭的规律。也就在这一刻，他看到了久远的过去，也看到了久远的未来。他知道了无限久远以前的自己，生在什么地方，叫什么名字，做过哪些善事恶事以及生他养他的父母在人间存留的一切恩恩怨怨，是是非非。他觉悟到自己及一切众生，从无量阿僧祇劫以来，轮转在生死界中，有时做人父母，有时做人儿女，有时做人师长，有时做人子弟，有时做人主子，有时做人奴婢，彼此相属相生相死相连，这是一个无法分割的整体和亲缘。但是，被一世风尘所迷惑的众生却不知道别人曾做过自己的父母姐妹、亲属朋友，终日为名利所缚，为欲望所困，丝毫不再去顾及眷念往昔的亲情——他要怀着同体的大慈大悲，拯救世界上那些被各种烦恼所缠绕、所迷惑、所颠倒的芸芸众生，他要以至高无上的法力，普度众生走出人间苦海、命运劫难。

发现了宇宙真理、人生真谛的悉达多激动万分，脸上涌起阵阵潮红，双目光亮，神态安逸，威严又慈祥。他决定起坐造法，到三千大千世界去传法送经，普度众生——他缓缓站了起来。

就在这一刻，他成佛了。一个万世不休的大智大觉大慧大圣者诞生了！

他与宇宙一体，与天地合流了！

曙色的长空中，回响起震撼万物、横贯天地的轰鸣：

"佛陀[③]，佛陀。天上天下，惟我独尊。佛陀，佛陀，天下归佛……"

③ 佛陀：亦作佛驮、浮陀、浮图、浮屠，意为觉者、智者。

◎ 仿尉迟乙僧释迦牟尼出山图(局部)

——这是公元前530年12月8日，佛祖释迦牟尼时年35岁。

星移斗转，冬去春来，时光在悄悄流逝。释迦牟尼离开伽耶山，布道传法，普度众生，转眼已是四十九年。在这漫长又短暂的四十九年里，佛陀共招收弟子信徒并证得阿罗汉果的就有两千二百五十余人，讲经三百八十余次，度人无数。其中说《华严经》八十九天，说《阿含经》十二年，说《方等经》八年，说《般若经》二十二年，说《法华经》和《涅槃经》八年。这些均为法会的宣讲，至于四圣谛、十善业道[④]、八正道、五蕴因缘[⑤]、十二因缘[⑥]、四无量心、三转十二法轮和八关斋戒等，几乎是他每天的课程。直到迈入老年，还常常外出说法，度化众生。

这天，佛陀外出传教回到精舍[⑦]，立即召集全部弟子，进行最后一次说法。完毕后，他严肃而深沉地说道：

“弟子们，世上没有永久不灭的法身[⑧]，然而却有千古长存的法门。我向你们真诚敬重地宣告，三个月之后，我将于拘尸那迦罗城郊的娑罗双树下，进入最后涅槃[⑨]。”

众弟子听罢，大为惊骇，顿觉天旋地转，一个个痛哭流涕，悲恸万分。

佛陀缓缓站起身，以安详慈悲的眼光望着众弟子谆谆告诫道：“你们不必伤心，更不要流泪，天地万物人天卑尊，有生就有灭，有实相就有无常，谁也逃脱不了这个定律。有眷爱就有散失，有会合必有分离，有欢乐必有痛楚。你们如果希望我的经律永驻人间，那么今后就要按我的教法而行。这样，我的法身和慧命[⑩]就算永生了。”

不久，佛陀在弟子阿难的奉伴下，离开了精舍，向拘尸那迦罗城布道而去。

当师徒两人来到拘尸那迦罗城郊外时，佛陀不幸身染重病，再也无力前行了。阿难便扶佛陀来到两棵娑罗树中间小息。

④ 十善业道：佛家用语，简称为十善，与十恶相对。指佛教的基本道德信条。

⑤ 五蕴因缘：佛教名词。五蕴又作五众、五阴，是构成人和万物的五种类别，色、受、想、行、识，一切因缘和合之事物的总称。

⑥ 十二因缘：佛教名词，亦称十二缘生、十二缘起。包括无明、行、识、名色、六入、触、受、爱、取、有、生、老死等十二个环节，辗转感果，所以称为因，互为条件，所以称为缘。

⑦ 精舍：佛家用语，指专供僧人一意修行的屋舍，意为精进堂舍，即寺院。

⑧ 法身：佛教认为，佛有三身，分别为法身、报身、应身。

⑨ 涅槃：佛教名词，意译为灭、灭度、寂灭、入灭、入寂、圆寂、安乐、无为、不生、解脱等。佛教用它指修行所要达到的最高理想境界，能超越一切生死苦乐及烦恼。

⑩ 慧命：佛家用语，意指佛的智慧。

◎ 一佛二菩萨造像

佛陀陷于安详的沉默中。

当月光普照山林大地的时候，佛陀吩咐阿难："今天晚上我将要在此处涅槃，你就在这两棵娑罗树当中为我设座铺床吧。"

阿难听后，慌忙找了一个小童，去告知佛陀的弟子们，诸弟子听到消息纷纷赶到这里，听了佛陀的讲说，泪如泉涌，慌忙跪拜祈祷。

阿难擦着眼泪，跪拜在佛陀的跟前，泣不成声地问道："圣明的佛陀，弟子有四事要问。"

"擦干眼泪，起来讲吧。"佛陀依然安详地说。

"一、请问佛陀，在您灭寂之后，我们以谁为师？二、以何安住？三、如何对待恶比丘[11]？四、如何结集经典令人证信？以上四事请佛陀明示弟子。"阿难再次跪拜。

佛陀听完，略微抬了抬头，慈祥地作答：

"第一，以波罗提木叉（戒）为师；第二，以四念处安住（观身不净，观受是苦，观心无常，观法无我）；第三，恶比丘默摈；第四，一切经典，应在经首加'如是我闻'，令人证信。"

佛陀说完，用右手做枕，吉祥侧卧。

这时，夜深人静，月光如水，荡动飘逸的月光树影，闪闪烁烁地辉映着佛陀慈祥、安逸、温和、双目微闭的脸孔。

"弟子们，"佛陀睁开眼睛，最后一次望着身前跪拜的弟子说："我所要救度的众生皆已度尽，未度的众生，都已结下了得度的因缘。世人随着我的教法而行，就是我的法身常驻之地。我要进入福乐的涅槃了！"

说罢，双眼安详地闭上，进入不生不灭的涅槃境界。

——这是公元前485年2月15日子夜时分。

宽阔绵长的恒河岸畔，景色瑰丽的拘尸那迦罗城郊外，用香木架起的葬台小

[11] 比丘：佛教称谓，亦作苾刍、备刍，意为男乞者。后指出家修行之男僧。

◎ 石造如来立像(局部)

山一般突兀而起。随着一道亮光的闪现，大火轰然而起。这时，北风突起，在古老的恒河流域狂卷不止。风借火势，火借风威，熊熊燃烧的大火愈烧愈烈，愈烧越旺。烈焰升腾中，火光映红了苍天，照亮了大地。十几个时辰过后，焚烧佛陀遗体的大火终于熄灭了。待到阿难、目犍连等佛门弟子收拾灰烬时，却惊奇地发现：伴随着未烧化的一节手指骨、四颗牙齿、一片头盖骨及数根头发，佛陀的真身遗物中，竟出现了星星点点的圆珠状的结晶体，这些结晶体有白的、黑的、红的，一颗颗宛如珍珠，玲珑剔透，光彩照人。再仔细分辨，原来那白色的是骨质，黑色的是头发，红色的是肉质，共有八万四千颗。面对这奇异的圣物，众弟子俯首合掌，深为佛陀的道行高深而折服。于是，弟子们以极度崇敬的心情，将这些奇异的骨烬颗粒和遗物称做“舍利”，并将这些舍利暂时存放在一个金瓶中保存。

摩竭陀国国王阿阇世早年恶迹昭彰，后来得识佛陀，佛陀给他指出了一条明路，所以他决定将修建大般涅槃堂，将佛陀就地安葬，好让这里成为全世界芸芸众生瞻仰的圣地，让人间众生永远记住佛陀的救世功德。

公元前484年秋，古印度各国比丘僧团共推选出五百名大德高僧，从四面八方聚集到摩竭陀国的京城王舍城郊外的毗婆罗山中的七叶岩，由阿阇世国王出资施舍所需吃住，并主持召开了首次具有决定性历史意义的佛教高僧交流大会。

这次大会，对佛陀的人生经历，以及他在生前所作的各种讲演和对佛教所作的各种理论性阐述，分门别类进行了整理。由佛陀的十大弟子阿难等名僧分别进行编撰修订，把佛陀的各种讲演和论述分为经、律、论三个部分，总称《三藏》。《三藏》之中的经是指教义，律即各种戒律，论为阐述。这些经典经由佛陀上座弟子整理撰修，后被称为上座圣典。而后来参加这次会议的五百僧众都修成了罗汉。若干年后，众生在佛教寺庙中看到了他们的神像并开始供奉。

公元前376年，七百名佛教徒在摩竭陀王国首都吠舍举行了第二次集结。这时，悉苏那伽王朝的国王阿阇世已撒手归天，这个王朝的最后一代国王迦罗阿输迦施舍赞助并主持了会议。

这次集结，由于在布道说法时是否可以向人乞钱等问题上发生分歧，佛团第一次出现了分裂。分裂后的僧团分为十一个上座部和七个大众部。

公元前253年，佛教徒们又在摩竭陀国首都华氏城的鸡园寺举行了第三次集结。参加这次集结的僧众一千多人。集会由孔雀王朝阿育国王赞助并主持。

这个孔雀王朝的阿育国王，早年为了得到王位，曾将他的一百零一个兄弟杀掉了九十九个。后来他感觉到，光靠武力，并不能使人心悦诚服，于是开始亲近僧伽，接受佛教思想的教化，并终于悟出了治国救民的真谛。他宣布佛教为印度的国教，并且命令在王宫和全国各地竖立石柱，开凿石壁，在上面镌刻纪念。并于几年后，施行了佛教历史上第三次也是最隆重最具开创性和划时代意义的集结。

这次规模宏大、意义非凡的集结，历时九个月，共商讨完成了三项重大议程：首先，针对分裂后的佛团各自对佛陀教义的理解，进一步整理、编撰了经、律、论三藏。其次，把会议中各方争论的论点归纳为五百个，编撰成一千条，并针对这些是是非非作出定论，收集编撰成《论事》。最后，由阿育王提议，广大僧众同意，决定打开大般涅槃堂，取出释迦牟尼的真身舍利，分成八万四千份，派出僧众和信徒持舍利与佛经到国内偏远地区和国外，布道施法，弘扬佛教。

公元前240年仲秋，西域沙门僧释利房等一行十八人，手捧盛装十九份释迦牟尼真身舍利的宝匣，披星戴月，跋山涉水向东土中国走来。从此，佛陀的圣光将照耀东土九州大地，一个万世不休的圣者便与古老的周原大地和在这块大地上傲然矗立的法门寺紧紧地连在了一起。

◎ 阿弥陀净土图（右页）

1

「穿透岁月的雄塔」

佛光初照帝王家

西域沙门僧释利房等一行十八人，经过三年的艰难跋涉，穿越三十六国，终于踏上了中国的土地。此时正是秦始皇四年，即公元前243年。

这年秋天，释利房等十八人来到了中国西部周原腹地，这里离中华帝国的首都咸阳，只有一步之遥了。

◎ 释迦牟尼三尊像

这天，当他们来到古周原的美阳城附近时，天色已近黄昏。于是，释利房便和同伴商量，在美阳城西的佛指沟（后来得此名，原为无名沟岔，今岐山县内，法门寺西）休息，以待来日赶至京师咸阳。

当他们下得沟来，找到一个避风的地方，刚要安歇时，忽然有一僧人大叫一声“快来看！”

众人闻听，顾不得安置行装，蓦地抬起头，朝他手指的方向望去。

只见整个美阳上空，飘逸荡漾起五彩祥云。这祥云一朵朵、一串串，像秋日的花丛，似流淌的银链，纵横交错，相互辉映，灿烂辉煌。在五彩云朵的覆盖下，金色的大地青烟袅袅，紫气升腾，流光溢彩的雾霭，将天空大地连成一片，贯于一体，形成了一幅美妙绝伦、灿烂夺目的奇情异景。

众僧人看着看着，无不怦然心动，惊奇不已。连声呼叫："宝地，宝地，阿弥陀佛，此处真不愧为华夏族的发祥圣地……"

僧众们完全陶醉在美阳如诗如画的胜景之中，并为之议论纷纷，赞叹不已。直到晚霞退去，夜幕覆盖了大地，他们才想起布置安息。

不知过了多少时候，释利房突然看到一个周身透亮、金光耀眼的长者，从远处缓缓走来。来者走走停停，停停走走，最后在一个高坡上站住不动了。释利房感到奇怪，随即感到一股温热在胸中翻腾，这股温热形成了一种无形的力量，使他不知不觉站起来，并朝着长者大步走去。

当他来到跟前时，借着明亮的月光，惊奇地发现，来者正是早已灭寂的释迦牟尼佛。只见伟大的佛陀正立在那里用慈祥的目光盯着自己。释利房惊骇之中，只觉一股热流涌入脑际，不禁大叫一声："佛陀，您可来了……"尔后全身扑地，顶礼膜拜，泪流不止。

"你等携我教法终达东土，实属不易，只是暂不要将我残存肉身显示于世。等众生普度，万民归佛之后，再显我灵骨吧……"佛陀说完，威严而不高傲、庄重而又慈祥地看了一眼释利房，随着一道闪亮的金光，佛陀踪迹全无。

"师圣佛陀……"释利房大叫一声，茫然四顾，只见东方微亮，明月西斜，晨曦的光照中，香风扑面，白雾绕身，甘露飘荡，祥云飞舞，脚下的大地在微微颤动……等众僧人找过来时，却见释利房脚下已突兀起一座高高的"圣冢"。

待释利房把夜见佛陀的情形和众僧叙说之后，众人大为惊骇，急忙商量如何安置佛骨舍利。最后，大家一致同意，先将佛骨舍利全部埋入“圣冢”之下，然后再到咸阳面见国王。

却说释利房等人只带了佛经等物来到秦都咸阳，面见秦王嬴政，不但没受到礼遇，反而被打入了大牢。待释利房坐在四壁漆黑的大牢之时，才想起佛陀那时的指点，不禁恍然大悟，并暗自庆幸多亏将佛骨舍利埋入“圣冢”。不然，佛陀的灵骨早随经卷器物化为灰烬泥土了。再后来因为秦王觉得他们并无过错，又把他们放了出来，并命令他们迅速回归本土，不得驻留，而他们所带的各种佛经、器物早已被焚毁一光了。

释利房等僧众逃出城外，不禁悲从中来，感慨万千。想不到一行十八人历尽千山万水，熬尽酷暑寒霜，尝尽人间百般苦味，九死一生才来到中国，如今竟是这般结局。倘这样空手回归，有何脸面再进佛门，又怎样对伟大的佛陀叙说。身为佛门弟子，生来不能布道传法，普度众生，活在世上白白食吃众生五谷，岂不是罪过？阿弥陀佛……众僧相望，热泪盈眶。

经过一夜的悲叹、自责和议论，他们终于又鼓起了勇气，并决定：一行十八人分成四路，以秦都咸阳为中心，分别向南向北，向西向东，流散民间，秘密与众说法布经。到每年的四月初八佛诞日这天，在周原腹地美阳的圣冢前会面，交流各自的传法经过和布道经验。

第二天黎明，释利房等僧众分成四路，步出咸阳地界，恋恋不舍地朝各自的方向进发。

由于相貌、语言的不同，释利房等僧众不得不常住山野丛林，渐渐地靠近当地人群。在经过相当长的一段时间后，开始向当地人学习汉语，以便交流。几十年过去了，释利房所率僧众已熟悉当地语言，并开始在民间传播佛法。由于缺少经书，只凭口传，佛法的普及面难以扩大，直到他们十八人先后去世，佛法在中国都未形成气候。释利房等人的遗愿还要在几百年之后才能实现。

转眼已是东汉永平七年（公元64年）。这年春的一个深夜，孝明皇帝刘庄正在后宫熟睡，忽然一个身披金色外衣、头顶日光的神人自天而降，悠悠地飘落到孝明皇帝就寝的大殿之前。那个全身灿灿发光、面容慈祥、举止泰然的神人来到大殿的窗下，向里望了一眼，想说些什么，但最终还是没有说出。待孝明皇帝穿衣出来迎请时，那神人化作一道耀眼的白光飘逸而去。孝明皇帝大叫一声，不觉醒来，才知刚才是南柯一梦。

梦中金人来访，孝明帝不知是福是祸。于是，第二天一早便召来几个臣僚，向他们请教梦中缘由。其中有个叫傅毅的老臣博学多闻才识过人，精通占卜解梦术，尤其对《周公解梦》研究颇深。他闻知此情后，便上前跪拜说："依臣推算，圣上梦见金人乃是西方圣人，号为佛陀。这佛陀能飞行虚空，身有日光，具六神通，佛陀显圣于陛下，昭示大汉国定会昌盛于天下。"

汉明帝听完，惊异之色顿时全无，不禁龙心大悦，当即召令群臣谋议，如何才能将佛法引入大汉帝国。傅毅借此机会，又将秦始皇帝驱逐佛家弟子的故事讲了出来，并大胆推断："此佛门弟子一定还在西域传播佛法，只要派人西寻，不难获遇。"

当日，汉明帝即遣羽林郎蔡愔、博士秦景、王遵等十二人，进入西域，寻找佛门弟子，求迎佛法。

蔡愔等翻越葱岭，西出玉门，一路西寻。经过近两年的时间，终于在月支国发现了乘白马携释迦牟尼真像和《四十二章经》的沙门僧人迦叶摩腾、竺法兰。在蔡愔等人的一番宣示和交涉后，两僧答应随迎佛队伍前去东土中国。蔡愔等人惊喜之余，立即同两僧携白马经卷返回本土。

孝明帝永平十年秋，蔡愔等迎佛队伍抵达国都洛阳郊外。明帝得知消息后，惊喜异常，亲自出城迎奉，诏令群臣将迦叶摩腾、竺法兰两位僧人安置在洛阳西郊外鸿胪寺，以国礼相待，并请两位高僧住院翻译佛经，与帝说法。为了铭记白马驮经之功，明帝诏令将两位高僧住居的鸿胪寺改为白马寺。

◎ 洛阳白马寺

公元148年，也就是历史上东汉桓帝建和二年，西域安息国的高僧安世高来到了中国。这时住在白马寺的迦叶摩腾和竺法兰两位高僧虽已去世，但佛法在中国的传播已有了相当的规模。

当安世高来到周原腹地的美阳城外时，见天色已晚，便在一个村头找了一间闲置不用的破屋，住下来休息。

夜晚三更时分，安世高一路的乏劲已过，精神逐渐振奋起来。正当他在暗夜里瞪着眼睛想心事时，忽见窗外一片红光划过，照得漆黑的破屋如同白昼。他急忙翻身起来，快步走出屋外，只见在破屋北方的不远处，平地射出一道霞光。那霞光五彩缤纷，直冲斗牛。安世高心中大惊，凭着自己多年的修行，当即判断出这是佛门圣物显现的灵光。

安世高怀着激动的心情赶到发光的所在，只见四面田野平整如水，惟这中间却高高地凸起一堆黄土，黄土之上，秋后的枯草轻微抖动，四周八面自然地延伸到辽阔的田畴。看来这个荒冢野坟样的凸起物，已经历了漫长岁月。这个凸起物到底始于何时，怎么会有佛门圣物的灵光？他的心怦怦地狂跳起来，如果如自己所想，这个荒冢的地下埋藏着圣物，那就该由他发现并名垂千古了。

安世高暗暗地记住了这个地方，他不再久留，日夜兼程赶赴东都洛阳，面见汉桓帝刘志。

这汉桓帝刘志，生活极为荒淫腐朽。为了延年祈福、长生不老，汉桓帝极端迷信宗教，不论是哪宗哪派他都热情接纳，几乎是逢神必拜，有仙必求。

安世高正是在这样一种情形下觐见了汉桓帝，说出了自己来中国弘扬佛法的打算。汉桓帝自然高兴，当即把这位西域高僧留在宫中为自己说法，并以国礼相待。

安世高在洛阳安顿下来并得到桓帝的尊崇之后，仍念念不忘关中周原腹地那个散发霞光的荒冢。通过近两个月的了解观察，他已经确切地知道中国人尚不知释迦牟尼的佛骨舍利具体在哪个地方，甚至尚不知这佛骨舍利早在公元前243年就已落于这片国土。安世高本是西域安息国国王的太子，自幼聪明绝伦，出家后曾游历西域三十多国，并通晓各国语言，对佛教发展的具体细节了如指掌，尤其对上部座系统理论学说的研究堪称一代宗师……正是凭着这些知识、经验和信息，他才越来越感到那个荒冢非同小可。

终于有一天，他向汉桓帝坦白了自己的心底："贫僧这次东来，路经关中周原美阳，发现那里有一处荒冢，荒冢之内夜有灵光溢出。依贫僧多年修行推知，这种灵光下边必有佛骨舍利。佛经有云，舍利生辉，佑及万国。陛下若得舍利，可保万福……"

桓帝听后自然异常高兴，立即令白马寺高僧静安法师等人跟随安世高到关中挖掘荒冢。

安世高等一行朝廷臣僚、僧众来到周原腹地美阳城外，找了几十个当地乡民开始对荒冢进行挖掘，只半日工夫，便发现了一块带有梵文的青砖，接着又有七块方砖被挖出。安世高将这八块青砖拼凑在一起，仔细观察。由于砖上的字迹极浅，又加黄土泥水浸染，很难辨认。但他还是能够分辨出来，并且随着不断的破译，他的心情越发激动。

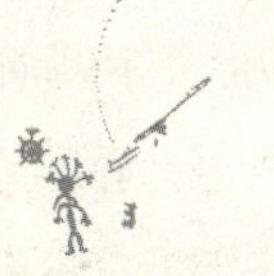

青砖上的梵文为西域僧人释利房所书，文中大体叙述了公元前243年前后，他们一行十八人来中国的历程、在秦都咸阳发生的故事，以及他们离开咸阳后在中国活动的范围和传法布道的具体地区。最后，文中用了较大

的篇幅，叙述这个圣冢的发现经过以及释迦牟尼的真身显世和叮嘱。看得出，释利房等人在咸阳城外分手后，每年的四月八日准时来到这圣冢不远的佛指沟聚会，直到三十年后的公元前213年，聚会才取消，其原因是大多数人已经死去，再无聚会的必要和可能。也就在这一年的四月八日，释利房等仅存的三人，来圣冢作了最后的跪拜，并趁夜深人静，挖开圣冢，将早已刻好的青砖埋了下去，以使前来结缘的后人弄清事实真相。释利房等三人做完这些之后，又做了些什么，三人最终圆寂于何时、何地，再也没有人知道了。

当然，释利房的刻文中最重要的记述，还是在青砖之下三尺的地方埋藏的十九份佛陀舍利。

一切都已明了。安世高按捺住怦怦跳动的心，指挥乡民继续向下挖，三尺黄土很快又被掘开，盛装十九份释迦牟尼佛骨舍利的宝函露了出来。几百年的泥水浸泡，宝函外部已经锈渍斑斑。安世高剔去渍斑，打开宝函，只见里面露出十九个晶莹透明的长颈壶，每一个长颈壶中各装一份佛骨舍利，舍利在壶中灿灿发光，曜曜夺目。

此情此景，在场的僧众无不激动得泪流满面，安世高更是全身颤抖，热血奔腾。作为佛门的弟子，能亲眼瞻仰一下佛陀的舍利，这是一生最大的幸事，而自从释迦牟尼涅槃之后，很少有人有这份福气，多少大德高僧苦修一生，最后含恨死去。而今天，当年阿育王分发的送往东土中国的十九份佛骨舍利全部在自己的眼前，要不是苍天有眼，佛陀有灵，自己前世有缘、今生传法行善，这样的幸事怎会让自己遇到？“阿弥陀佛……”安世高祈祷着，五体投地，泣不成声，昏厥过去……

佛骨舍利很快被送到京都洛阳，汉桓帝一见惊喜万

① 浮屠：佛家用语，也作浮图。其含义有多种，可解释为佛陀、佛教、僧侣或佛塔。
② 供养：佛家用语。指以香花、明灯、饮食等资养佛、法、僧三宝。

分，加上安世高等僧众的又一番解说，更感神奇，于是下诏，在宫中建造浮屠[1]，以金银制作佛像，重造舍利宝函，以示供奉。对僧人安世高更是敬重备至，百般厚爱。安世高春风得意，在帝王之家和乡野百姓心中的地位扶摇直上。

在汉桓帝及其臣僚的眼中，佛陀和黄老神仙没有什么区别，只要能够帮助他们维护封建统治，可保久安长寿，帝王能得道成仙等等思想和宗教，均可利用。因此他在佛教的推广上并不用心。

对于这种局面，安世高当然不甘心，在经过一番苦思冥想之后，终于想出了一个使佛法迅速走向千万芸芸众生的妙计。

他借向桓帝说法的机会，说道："先祖孔雀国阿育王派僧团携释迦牟尼佛骨舍利，来东土的本意是让这十九份灵骨撒落中国民间供奉，使天下芸芸众生，视灵骨如见佛陀，闻经卷之音如授佛陀精神。天下众生信教敬佛，民心相向，政局自稳，社稷可安。请陛下诏令将宫中供奉的佛骨舍利分散于九州大地，建造精舍庙宇供养[2]，佛陀的圣光将普照整个华夏，大汉帝国将会出现四海无波、八荒来服的鼎盛景况。贫僧不才，尚能选址绘图，愿为陛下效劳……"

桓帝听取了安世高的建议，拨出官银，命白马寺高僧静安法师随安世高一道筹措分发佛骨舍利及在各地建造佛塔寺院事宜。

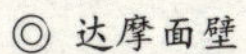
◎ 达摩面壁

两人领旨后，很快行动起来。他们决定先在关中周原腹地的圣冢之上建造宝塔，并在四周修筑寺庙，在塔下挖掘地宫，以存放佛骨舍利。很快，周原腹地的荒冢上，架起了四层木塔。塔下的地宫中，存放着用紫檀香木做成的棺椁，棺椁之内的金瓶中供奉着释迦牟尼佛最大的舍利——指骨舍利。木塔上方书写着六个大字“真身舍利宝塔”。宝塔建成之后，一座庞大威严的寺庙随之拔地而起，气势雄伟、巍峨壮观的玉石山门[③]上，高悬苍劲的“阿育王寺”四个金色大字。从此，继洛阳白马寺之后，中国又一伟大的佛教圣地、关中塔庙始祖——法门寺诞生了。

紧接着，西晋的会稽鄮县塔、东晋的金陵长干塔、石赵的晋州东城塔、姚秦的河东蒲坂塔、北周的瓜州城东古塔、沙州城内的大乘寺塔、凉州姑臧县塔、洛州故都西塔、甘州山丹县塔、晋州霍山南塔、北齐的代州城东古塔、隋的益州福感寺塔、益州晋源县塔、郑州超代寺塔、怀州妙东寺塔、并州汾明寺塔、并州榆杞县塔、魏州临菑县塔等十八座舍利宝塔，先后建成。十八份释迦牟尼佛骨舍利依次藏于塔中供奉。

由于佛塔寺院在中国的普遍修建和佛骨舍利的适时分散，佛法犹如八面来风，四墙八花，很快在民间盛行繁荣起来。释迦牟尼佛的圣光普照了九州大地，古老的东方中国，迎来了一个真正意义上的尊佛崇佛的新时代。

◎ 释迦牟尼初转法轮瑞像

③ 山门：佛家用语，指寺院的外门。

宝塔辉煌

◎ 明代半壁残塔

法门寺由于供奉的佛骨舍利和独特的地理位置，奠定了它在中国佛教界举足轻重的地位。法门宝塔和法门寺院也随着历史的沉浮、王朝的更替、帝王将相的喜好憎恶经历了它的兴衰荣辱，升降沉浮。

大明隆庆二年(1568年)八月十四日深夜，沉浸在细雨迷濛中的周原大地，突然爆发了人类有史以来极为罕见的大地震。就在这次大地震中，法门寺傲然挺立的四级木制回廊式释迦牟尼真身宝塔，瞬间变作一堆断木瓦砾——这座在东汉桓帝年间，由西域高僧安世高亲自设计、监工筑造的宝塔，一千余年来，虽然经历了四次致命的洗劫，但都随着朝廷更替和时代的转换，又奇迹般地从废墟中站立起来，并神态安然地俯视着周原大地。只是，今天，面对它又一次遭到突如其来的厄运，法门寺僧众和四方百姓无不为之惊愕和悲叹。

两个月后，刚刚从大地震的灾难中缓过气来的僧众和周原父老，立即修表奏报朝廷，要求重建宝塔。但奏表入宫后，却如泥牛入海，音信全无。

四年后，隆庆帝朱载垕驾崩，年方10岁的皇太子朱翊钧登极，改年号为万历。万历七年（1579年）春，在当时崇信佛法的李太后的干预下，那位年轻的皇帝终于下诏重建法门寺宝塔。

◎ 明代真身宝塔

朝廷的御旨虽下，却再也没有哪怕是半两银子的支持。但是，对于法门寺众僧和周原父老乡亲而言，这些已经足够了。对于一个年幼的皇帝和一个腐败至极的朝廷官僚集团，还能指望他们怎样地支持和庇护呢？只是普天之下，莫非王土，法门寺历来是国家的寺院，是皇帝本人名下的财产，要在这片废墟上建造宝塔，自然要经得皇帝本人的恩准。否则，后果不堪设想。

建造宝塔的最初行动拉开了帷幕。在官僚政府分文不给的情况下，法门寺外不远的宝塔村较有威望的信善之士党万良、杨禹臣等人，率先站了出来，策划权衡，设立捐资库，号召四乡八邻捐资献产，修建宝塔。

由于木式结构的宝塔有着容易被焚烧和腐蚀溃烂等弱点，自唐代之后，宝塔的修筑渐渐地由木式结构转变为不易焚烧和腐朽的砖石结构，这种结构形式由于有着许多木式宝塔所不具备的优点，所以当历史发展到明代时，已被广泛采用，而木式结构的宝塔就自然地退出了历史舞台。

当周原父老、王公贵族、天下居士[④]纷纷出资捐产，法门寺宝塔的修筑拉开帷幕时，首先要解决的一个问题便是宝塔的建筑格局。对于建筑风格、规模、形式等问

④ 居士：佛教称谓。指没有正式剃度，在俗而皈依佛门的人。

题，理当慎重思考和选择。经过党万良、杨禹臣和法门寺僧众的一番讨论，决定张榜天下，招聘能工巧匠设计宝塔图形，从中择最优秀者录用。

榜书贴出，一时应召者云集，形形色色的设计图样被送来了，虽然各有千秋，但都似乎缺少点什么，不能令人感到尽善尽美。突然有一天，一个70多岁的古稀老人拿着自己设计的图样前来应召，当他把硕大的图稿打开时，众人大惊，无不拍手称奇。只见老人设计之宝塔，共分八面十二层，下有庞大的塔座，座上宝塔高达一百二十六尺。第一层为南开塔门，取意为天宫南天门，上书“真身宝塔”四个大字；东面与日出相映，取意“浮屠耀日”；西边与余霞相衬，取意“舍利飞霞”；北为“美阳重镇”。第二层为八个横断面，每面各刻一个大字，顺次为“乾、坎、艮、震、巽、离、坤、兑”八卦字，使芸芸众生时时想起创造周易神卦的先祖和天地宇宙相通、相融、相合的亘古真理。从第二层往上，每层又设八洞佛龛，全塔共设八十八洞，每洞置铜佛像各一尊，共计八十八尊。而十二层八面八十八个佛龛，分别代表了佛教中十二因缘、八正道和八十八个金刚罗汉弟子。在每一个层面的上方，都修有奇巧精细的八面飞檐，檐角各悬铜铃一枚，塔顶设鸽金葫芦宝顶一丈八尺，若日光映照，自是金光灿烂，气势恢宏神奇……众人看毕，在赞不绝口的同时，又对如此磅礴辉煌、气势冲天、设计精巧、用工细腻的稀奇宝塔能否建成心中无定数，疑虑之色溢于面庞。

古稀老人看出了大家的心思，便慢慢说道：“我从八岁起就跟随家父外出学习建造房屋和庙宇，算来已六十余年，修造房屋寺舍无数，贱民虽道业尚浅，但这座宝塔图样，乃是我平生走南闯北，集万家之精华研究设计而成，若照此修建，保证万无一失，为保

◎ 摩羯纹蕾钮三足盐台

证我的诚意和所说之言，在佛祖面前，请允许我割发铭志。”

这位前来应召献图的老人，名叫王志蚌，西蜀人士，乃一代能工巧匠，其声名遍及大江南北。他手下的徒弟有数百人散落于民间，都是当地有名的能工巧匠。当时许多有名的建筑图样都出自他和众弟子之手。

经过再三慎重的考虑，修筑宝塔的主事者们在确知此项设计可行之后，便命王志蚌老人为建塔技术总管，招募工匠、土木杂工近千人，开始了法门寺历史上规模最大，用工最多，时间最长的筑塔行动。

王志蚌老人率领工匠，以对释迦牟尼佛的虔诚之心和对周原父老出资捐产的感念之情，冒酷暑，度严寒，披星戴月，修建宝塔。

似乎一切都在顺利有序地进行。然而，天有不测风云，当宝塔的第一层将要修成时，关中大地遭受了百年不遇的干旱。八百里秦川因为久旱无雨，变得赤地千里，颗粒不收。当初修筑宝塔的捐资捐产渐渐耗尽，最后连修塔的砖灰原料供应都发生了困难，待第一层封顶时，只好勉强用砖块瓦渣填补。在这种情形下，修塔的发起者和决策者们，只好再次向众居士和善男信女们发出紧急告示：“法门寺修砖塔，头层已满，缺少二层砖灰，望八方居士、善男信女舍资财共成圣事。敬告。”也许是为了纪念这次修塔的艰难，这个告示的内容被刻在几块方砖上，修进了一层宝塔之中。四百年后，宝塔崩裂，考古人员在清理塔基时，发现了这历史记载中的铭文告示，增加了这个事件的真实证据。

告示尽管发出，但已不像当初那样有效了。自万历十一年（1583年）之后，连续的干旱，使关中百姓家无充饥之食、御寒之衣，吃饭穿衣都成为严峻的问题，怎有供奉之财捐出。万般无奈中，党万良、杨禹臣和法门寺僧众，决定再次上表朝廷，以求支援。而此时的万历皇帝，正在招揽天下工匠，搜集四海之财，于十三陵地区的大峪山下修筑他的寿宫——定陵，哪里还有精力和热情去关心法门寺宝塔的修筑。党万良等人的上表自然是泥牛入海，杳无音信。迫于窘境和无法扭转的天时，法门寺宝塔的修筑工程不得不宣告停工。

春去冬来，日月递嬗。时间在一天天、一年年地过去，周原父老在焦灼地等待风调雨顺的时日，等待好年景的到来。终于，在万历十七年（1589年），也就是法门寺宝塔动工修建的十年之后，大旱才真正地结束，关中父老在久旱之后的甘霖中，开始播种、收获，舒缓一下那早已骨瘦如柴、全身疲惫的身体。而此时的法门寺，早已是荒草凄凄，衰败不堪了，就连修成的宝塔一层的台面，也已长出了几尺高的树木，成为一个颓废的砖土堆了。

尽管如此，周原父老仍旧没有忘掉法门寺宝塔的修筑，他们的内心情感如同冬日的野草，一旦遇到适宜的春天，便开始萌动，开始生根发芽，继而开花结果。在一个好年景刚刚到来的时候，才稍得到温饱之时，他们便旧事重提，再度倡议捐资献产，修建法门寺宝塔。

借助这次人们对修塔的热情与渴望，也许应该就此探讨一番释迦牟尼所创立的这派宗教，是如何使华夏民族的心理转轨并演化成一种宗教精神的，或者说这个民族是怎样把自己的生命跟佛教寓言式的教义融合在一起的，但这毕竟又是一个大的理论范畴，这里还是将这个议题暂时放置起来，去叙说这个时期发生的另一个悲壮而神奇的故事吧。

故事的主人翁始终没能留下姓名，历史记载的寥寥数语中，只说他来自西蜀，是一位鹤发童颜、面貌和善的老迈居士。他原本是来法门寺瞻礼朝拜的，但当他跋

山涉水，一路风餐露宿，历尽艰辛来到之后，看到法门寺这块自己向往已久的圣地变得衰败不堪时，不禁伤心落泪，而在伤心落泪之后，他加入了募捐的队伍，并在释迦牟尼像前跪拜发誓，要在有生之年倾尽心力行乞化缘，为重修法门宝塔尽一佛家弟子之力。

年迈的西蜀居士悄悄地离开了法门寺，在经过了三天三夜的苦思冥想和痛苦抉择后，他从乡村找来一条丈余长的粗壮铁链，然后在自己暂住的一间破屋里备了一瓢石灰，将一根锋利的两头尖的铁锥，一头镶在木桩上，一头横端向外。当这一切准备就绪后，在一个太阳升起的早晨，他将裸露的肩胛贴向锋利的铁锥，随着微微下蹲的身子猛一用力，铁锥嵌进肩胛，鲜血骤然喷出。他一闭眼，一咬牙，再一用力，肩胛已被铁锥穿透，鲜血染红了脚下的土地。当他在肩胛的另一端确切地触摸到铁锥已经露出后，便猛地一侧身，随之抓过那条丈余长的粗壮铁链，插进了那个血肉模糊的窟窿，待他将铁链在穿透的肩胛骨上打成死结，一瓢石灰倾覆而上之后，已成为血人的他昏死在一堆烂草之中……

半个月后，这位年迈的西蜀居士，便开始出现在关中的乡野田畴官府农家。他血肉模糊的肩胛，拴着丈余长粗壮的铁链，铁链由肩胛垂坠下来，拖于黄土风尘之中。西蜀居士手端铁钵，缓缓前行。关中的黄尘古道，留下了他血迹斑斑的脚印，周原的乡村农舍，索绕着他沙哑执著的乞讨之音。风雨飘摇中，他那瘦削苍老的身影，坚韧刚毅地挺立在周原大地。每当疼痛难忍，血汗淋漓之时，他便在心中鼓励自己，要像当年许玄度那样，不惜洒尽热血，以示对佛祖的虔诚之愿。

◎ 葵口圈足秘色瓷碗

西蜀居士的横空出现以及奇特的化缘方式，在使关中富豪商贾、平民百姓大为惊骇的同时，也为他那至诚痴迷之心感动得泪水涟涟。四方豪门、八方百姓，不惜荡尽家财为之献资捐款。西蜀居士以超常的意志和鲜活升腾的血性光辉，征服、照亮了万家百姓的心灵。而他本人也因此留下了不朽的声名。时隔四百年后，人们仍能从镶嵌在法门寺正殿西墙内一块高83厘米、长129厘米的明代碑刻上。读到这样一首颇具佛理和文采的诗句：

◎ 宝塔佛龛中所藏的铜佛造像

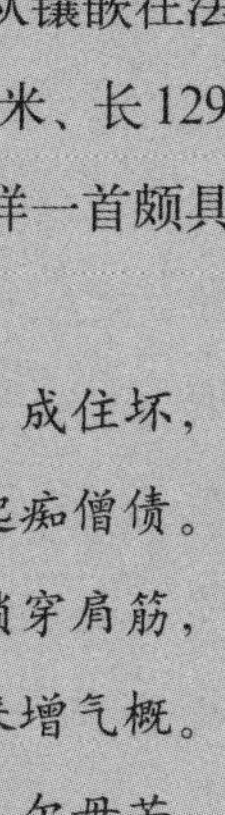

法门寺，成住坏，
空中忽起痴僧债。
百尺铁锁穿肩筋，
欲与如来增气概。
增气概，尔毋苦，
好待当年许玄度。

这块铭文石碑，是为纪念这位在修塔中功不可没的西蜀居士，也用以昭启后来者。关于此诗的作者无据可考，但不论这诗的作者是谁，诗和石碑本身的存在，就足以让这位西蜀居士声名不朽，在天之灵得到慰藉了。

当然，仅凭一个外来居士自残式的努力，无论如何也筹集不到建塔所需的巨额经费，在任何情况下，请别忘了人民两字。民众的力量才是最原始、最本质、最纯朴、最富创造力的感情积发。几百年之后，有位伟人就提出过：人民，只有人民，才是创造世界历史的动力。

人民的力量先于这位伟人提出的口号，在法门寺宝塔的兴建中开始了实践。不到半年的时间，关中民众所捐献的钱财，足以让宝塔屹立于周原大地了。

法门寺宝塔经过十几年的风风雨雨，终于又可以动工兴建了。遗憾的是，当年那位工程总管王志蚌老人已去世三年多了。法门寺宝塔的工程由其儿子王丙里继承父业，再度开始兴建。

王丙里以工程总管的身份，从四面八方招来了十年前参加修塔的师兄弟，并从当地招募杂工近千人，按照父亲当年的设计图样，火速动工。仅一年半的时间，宝塔已修至九层。此时塔身已过百尺，巍巍矗立，直刺云天。

正当法门寺众僧和周原父老为宝塔兴建的神速而拍手称道喝彩时，灾难悄悄地降临了。

这是一个细雨迷濛的下午，几十名工匠在王丙里的指挥下，站在层层搭起的木架上，艰难地往塔的上部灌浆填沙，垒石铺砖。就在天将进入暮色之时，塔的四周传出了“咔嚓、咔嚓”两声木头断裂的响声，紧接着，整个木架发生了大面积倾斜。还没等上面的人完全明白过来，随着一声更大的响动，木架全部崩塌断裂，几十名高空作业的工匠，瞬间从云雾中摔落下来，担任总管的王丙里头朝下摔在地上一块青石上，没容他叫唤一声，便血溅法门，气绝身亡。

王丙里的不幸遇难，使这支近千人的修筑队伍，失去了依仗的标尺，也失去了精神支撑，宝塔的修筑陷于一片悲观和混乱之中。面对此情此景，修塔的决策者们不得不宣布暂时停工，待想出万全之策后再作打算。

因宝塔从图样设计到具体修筑，都是王氏一家领衔挂帅，而那时建筑界也是山头林立，派别各异，各家门派的建筑风格及修筑方式，在关键地方都靠秘传，外人很难领会其真正要领和内在精神，倘照葫芦画瓢地修筑起来，哪怕其间有一点差错，后果亦不堪设想。正是出于这样的原由，修塔的决策者们在经过反复思虑后，决定请王志蚌的孙子，也就是王丙里的儿子王超领衔继续筑塔。

这年王超年方十八岁，也已步入成年人的行列。他从八岁开始便跟着父辈学习建筑技术，待他长到十六岁时，学业大有青出于蓝而胜于蓝的势头，而在处理各种复杂的技术难题和对事态发展变化的悟性上，已超过了他的父辈。年轻的王超，正是以这样的自身实力和在这样的时势背景下，开始了王氏一门三代基业的封顶桂冠之作。

王超早就担心，随着宝塔的不断增高，搭起的木架难以承载不断加重的负荷，而最终将有崩塌断裂的可能。想不到刚修至九层，他的担心就成了一个悲剧性的事实。他在悲痛、震惊的同时，又感到迷惘。

◎ 少林寺初祖庵

宝塔当然还要不断地增长高度，而木架却很难再跟着增长，当一种形式运用到极致以后，继续运用下去的结果必然是个悲剧。悲剧已经发生，就不能不迅速转轨以图良策。

年轻的王超在受命领衔建塔之后，首先四处寻访名塔，以求学习和了解新的筑塔方式。这一日，他突然得到了一个意外的线索，那就是在十年前，村中来了一位白发飘飘的长者，自称是木匠祖师鲁班的第五十八代孙，年轻时专门造房和打造木器，热爱佛事[⑤]，号称大居士。此人见多识广，面目和善，平时不显山露水，确为非凡之人。老居士原为躲避饥荒而来，一年后去向不明。直到三年前，村中有人到少林寺去，在那里发现了他，此时老汉已成为住持和尚，并取法号为净空。

第二天，王超就来到了少林寺，并真的见到了传说

⑤ 佛事：佛教名词。其含义有多种，此处指僧尼所做诵经祈祷、拜忏礼佛之事。

中的非凡之人净空和尚。只见净空和尚已有80多岁的年纪，头发眉毛全成白色，但身体健壮，眉宇间仍透着勃勃生气。王超来时，他正坐在禅房外笑哈哈地看几个十几岁的秃头小和尚用泥巴、树枝和石头建造着宝塔。这个宝塔确切地说是小孩玩的宝塔模型，显然，他们是因为无聊才在这里搭塔以消磨时光。

老人很客气地给王超让座，并听他说完了修筑法门寺宝塔的整个经过和遇到的难题，以及自己出门求师点化的心愿。老人边听边点头，但总是不肯说话。王超有些心急，见老人不说话，便不耐烦起来，有些无趣地将头转向前方。就在这时，他看到那几个戏耍玩闹的光头小和尚，已差不多将塔修成。细细看去，那宝塔虽小，却小得奇巧，小得合理，小得可爱。那八面造型中配筑的高翘的飞檐，透出一股大气，一股辉煌，一股令人心驰神荡的鲜活的魅力……王超看着，不禁大吃一惊，这不正是法门寺宝塔的造型吗？更令他惊奇的是，此时宝塔尚未封顶，四周密密匝匝地用柴草棍儿横竖不一地搭成了林立交错的木架。王超喜不自禁，正要起身向前看个究竟，却见一个小和尚转头问道："师傅，宝塔太高，木架不能再用，那砖瓦泥土如何运上去？"只见老和尚微动双眉，轻声说道："尔等真是好生愚顽，遍地黄土，要木架做甚？快去后殿温习功课吧。"小和尚一听，随即一脚将地上的宝塔踢倒，率领伙伴向后殿走去。

"我也到了要习经的时候了，年轻人，恕不能久留，你也该回去了。"老和尚说着，起身便走。

"老人家，我千里寻来，就为求您点化造塔之法，您怎好一句话不说，就……"王超有些气愤地站起身，想拦住老和尚的去路。

"看在你修筑佛塔，光耀佛门的份上，我将平生所学皆对你讲出，不赶快回去，还缠着我做甚？阿弥陀佛！"

老和尚双手合起在胸前一举，尔后转身离去。

过了好一会儿，王超才恍然顿悟，不禁拍手叫道："好，太好了！"说完便快步离开了少林寺。

青年王超日夜兼行，赶回法门寺，修筑工程重新开始了。在王超的指挥下，大批的杂役、民工将远处一个高坡的黄土挖出来，运到宝塔四周，形成一个以宝塔为中心的山坡，每到一定的时候，再将山坡泼上水，然后用石夯夯实。这样，山坡在不断地升高，宝塔却越来越低。当这个黄土堆成的山坡增长到一定高度时，再在上面搭起木架，筑塔便容易了许多，危险也不会产生了。当塔修成后，木架撤除，堆起的黄土再运往别处，一座光照四方八荒的宝塔便完全呈现出来。这座称雄于世的宝塔，自大明万历七年（1579 年）开始兴建，在经历了形形色色的磨难痛楚和悲凉凄苦之后，终于在万历三十七年（1609 年）建成。时间跨度为整整三十个年头。

◎《八高僧故事图卷》之弘忍逢杖叟

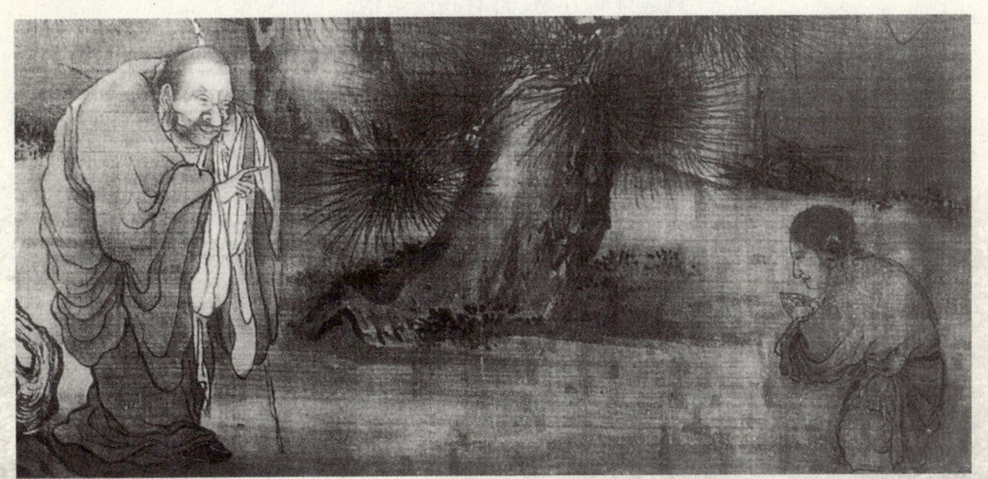

轮回[6]之路

◎ 檀香木微雕小佛像

不管经历了多少风雨苦难，总体高度为十三层、四十六米的法门寺宝塔，还是傲然矗立在周原大地了。它像一颗灿烂的明珠，辉映着八百里秦川；它像一盏星夜的灯塔，照亮了苦海引渡者阴霾的心灵和解脱安乐的漫漫航程。

只是世间万物，自有兴废荣枯。法门寺宝塔在周原大地傲视苍生几十年之后，便受到了一次致命的打击。

清顺治十一年六月初九日（1654年7月22日）夜半，中国西部甘肃省天水周围发生了8级大地震，震中裂度为11度。这次大地震波及200公里以外的扶风，裂度达9—10度。县城北门外的景福官及其他房屋出现了“垣宇倾颓，压毙人畜”的惨景，而法门寺宝塔则由于地震的摇撼，使塔洞内所藏的镀金盾形牌和一些佛像纷纷坠于地面，整个塔身向西南方倾斜达五尺之多，塔体出现裂缝，西南角塔基下陷一米多深，塔体重心偏离达三米之多。这次重创，为宝塔在三百多年后轰然崩塌，首次埋下了沉重的隐患。

历史的脚步来去匆匆，二百八十年又一闪而过，此时中国的大清朝已不复存在，历史进入了民国时代。

曾经显赫一世的法门寺真身宝塔，在历经三百多年的风雨剥蚀后，已变得面目全非，凋零残破，不堪入目。连年的战乱，持续的灾荒，使整个法门寺荒草丛生，野狐出没，人烟几乎绝迹。

1930年，国民党释权下野将军、华北慈善会会长朱子桥，率部来陕西散赈各方，当他来到灾情最严重的扶风县，并前来法门寺瞻礼时，看到寺院、宝塔颓败的惨景，不禁怆然泪下。他在记述中这样写道：

现存寺宇，破坏几尽，惟塔南有铜佛殿一座，塔北有上殿三楹，其东西各连小房一楹。

东院睡佛殿一楹，系佛涅槃像，像下部已毁。

寺内《大唐圣朝无忧王寺大圣真身宝塔碑》并序，系大历十三年立，已半毁，多不可辨识。唐大中十载尊胜幢[7]，已坏成三段，分置于荒草之间。

惟无一守香火之僧人，且法器经书亦不得见。回忆隋唐盛况，能不令人怆然？

回到住处，朱子桥夜不能寐，当即秉烛提笔，起草了《重修法门寺真身宝塔义赈》一文，以华北慈善联合会的名义和扶风地方联合，呼吁各界人士慷慨解囊，积极募捐，为国家和民族做一件善事。

1937年，法门寺真身宝塔重修工程筹备开始。1938年春，工程按计划正式动工。这是自明代万历年间宝塔建成

⑥ 轮回：也作生死轮回、轮回转生、轮回、轮转、流转等。意谓世界众生莫不辗转死于六道（天道、人道、阿修罗道、地狱道、饿鬼道、畜生道）之中，如同车轮旋转不停，惟有成道的人能免受此苦。

⑦ 尊胜幢：幢，即经幢，我国古代宗教石刻的一种。幢体各面常刻有佛像，佛像下遍刻经 咒，大多以《佛顶尊胜陀罗尼经》为主要内容，故有“尊胜幢”之名。

◎ 朱子桥

后的第一次大规模修缮。除真身宝塔之外，修缮工程还兼及法门寺大殿、山门、道路等项。为了妥善安全保管文物，这次重修专门成立了文物保管委员会，负责整理保管有关文物。委员会制定了极其严格的制度，以便相互监督和制约。

就在工程开始不久，几个民夫在塔下清理完浮土，又继续下挖，准备一层层夯实时，突然发现了地宫顶盖。民夫们出于好奇，想打开顶盖看个究竟。朱子桥闻讯匆匆地赶了过来，他立即令人火速将顶盖封严，甬道深埋，然后填平夯实。

当这一切全部做完之后，朱子桥才神色严肃地对在场众人说："诸位父老乡亲，诸位兄弟，刚才我们差点干了一件蠢事。不用我说，大家也都明白，现在日本鬼子已占领了我华北广大地区，还在向南向西进攻，黄河风陵渡也已难保。而我们刚才看到的地宫，很可能就是传说中埋藏佛祖圣骨和大量宝器的秘密藏所，如果这个秘密传出去，地宫中的圣物和宝器很可能会落入日本鬼子或土匪、汉奸、强盗之手。我们为行善、为团结、为保护民族文化遗产而修塔，但要是这些圣物和宝器落于敌手或散落出去，那我们就会成为国家的罪人、民族的罪人、历史的罪人，愧对佛祖的教化。现在我朱某奉劝各位，不管在什么场合、什么情况、什么环境、什么压力和苦难下，都要恪守今天看到的秘密，不然的话……"

霎时，在场的人纷纷跪倒在地，对佛盟誓，保证自己决不泄密。

◎ 鎏金菩萨

⑧ 造像：古代宗教偶像的通称。分雕像、塑像和铸像几大类，材料有石、泥、木、金属、夹纻、纸泥、瓷、牙、砖、蜡等，以石刻、彩塑 及金铜造像为大宗。多分布在佛寺、石窟处，有的成组成群。

真身宝塔的修缮，前后经历了半年多的时间，先后从塔上清理出六十多尊明代铜佛造像[8]和一些石刻佛像，在对这些佛像进行了称重、量高、背文、标记等等之后，又一一加以造册登记，这些佛像都是明代建塔时所藏，是研究当时造型工艺以及佛教发展的重要资料。随着佛像的出现，修塔人员还相继发现了红白珊瑚宝石、琥珀、红玛瑙、水晶珠、珍珠、骨圆珠和铜莲座、铜宝塔等极为名贵的珍珠宝石和其他宝物，这些珍宝和佛像一样，是明代修塔时放置的各式供奉物，有的为古代遗存物，明代建塔时将这些物器重新收集，然后收藏进塔内。这批供奉物品级之高，在当时极为罕见。

面对已发现的诸多宝物，朱子桥的处理策略是“原塔封存”。他认为倘移存他处，不免散失或被盗。“佛像不可与古董等同，沽价交易。”原塔封存，在一定程度上避免了散失和被盗的可能。事实上，直到1981年8月24日宝塔崩裂之前，此次所藏的宝物基本完好无损。由此可以看到，朱子桥当年的护宝策略是正确无误的。

◎ 1939年重修法门寺真身宝塔

在经历了一系列曲折磨难和惊心动魄的故事之后，法门寺真身宝塔在朱子桥和周原父老乡亲的共同努力下，修复工程终于于1940年告竣。巍巍宝塔又恢复了昔日的盖世雄风，以肃然庄重的高大身躯和超脱圣洁的灵性，傲视华夏大地和苍生。

朱子桥等人的修塔行动，在客观上无疑地延长了宝塔的寿命，但他们所能做到的仅仅是延长而不是永保真身宝塔万年不倒。就当时的情形来看，他们对清顺治年间大地震造成的宝塔裂缝，只是填补砖石进行加固，却无法使裂缝像震前那样融合在一起，一旦再遇大地震，裂缝自然还要扩大和延伸，这是个遗憾。当然，仅仅这个人力难为的遗憾，还算不上真正的遗憾，在以后的几十年中，战争、灾害、狂波、风潮，这一连串的人类失去理智的行动，使法门寺再度变得荒草萋萋，破败不堪。而70年代中国农村在掀起“学大寨”的热潮后，在领导者的指示下，法门寺真身宝塔西南不足三十米的地方，很快出现了一个硕大的水塘，这个被人工挖出的面积达几百平方米的深坑，终年清水不竭，碧波荡漾，遇到暴雨季节，更是水势大涨，一片汪洋。也就是这片汪洋，通过地下脉络，慢慢滋浸到宝塔的塔基之中。本来就有裂缝不再坚固如一的宝塔，经不住这软泥浊水的诱惑，意志和身体更不坚强，开始迅速向这汪洋深坑倾斜。据当时的权威人士推算，自从宝塔开始倾斜到最终崩塌，其身体的斜度超过了意大利比萨斜塔的一倍半，几乎到了不摧而毁的边缘。就在这时，也就是1976年，中国西南部的四川省松潘地区发生了强烈地震，余波波及扶风法门寺，塔体进一步倾斜，裂度由此扩大，离最终的崩塌只有一步之遥了。到1981年夏季，备受摧残的真身宝塔，破败不堪，摇摇欲坠。在绵绵不断的霪雨中，再也难以支撑残朽的躯体，不时有瓦片、泥土、碎块从身上掉下。

8月24日，一个风雨飘摇之夜，法门寺释迦牟尼真身宝塔终于在一阵撼天动地的巨响声中轰然倒下。那些久积在塔内的杂物尘埃，随着塔身强大气浪的冲击，骤然喷射而出。塔内所藏的佛经纷纷飘散、佛像跌落，最后又和滚滚飞转倒崩的残砖断瓦一起陷在泥水里。爆烈的烟尘渐渐散尽，霪雨还在不停地撒落，世界仿佛又恢复了原来的模样，只有尚存的半边残塔极其孤单窘迫地斜立于阴云凝重的苍穹下。

◎ 1981年8月24日的明代半壁残塔（右页）

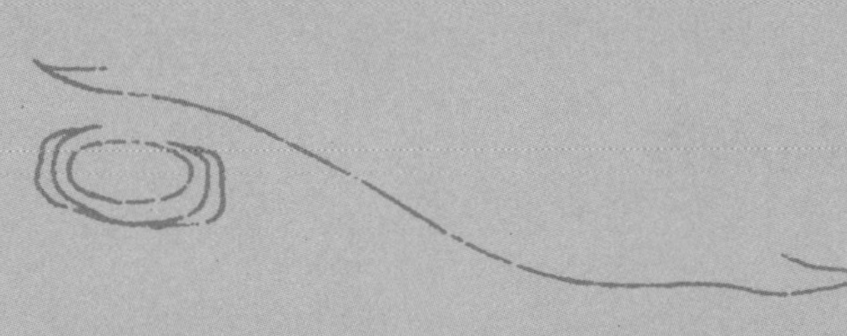

2

「玄宫初露」

民心难违

◎唐代莲花方砖

就在闷雷响过，真身宝塔爆裂之时，扶风县驻法门寺文管所惟一的文管员王志英，从居住的小屋里跑出来，并以文物工作者的思维和眼光，首先认识到跌落于残砖瓦砾之中的佛经、佛像的文物价值。于是，便顾不得回屋穿戴雨具，立即冲进雨幕遮掩下的宝塔前，从残砖瓦砾中捡拾佛经和佛像。法门寺住持澄观法师随之率众僧奔于塔下，搬砖运石，抢救文物。因大雨被围困在家数日的宝塔村村民，随着巨响也奔出家门，纷纷向法门寺涌来，迅速投入到抢救文物的行列中。

当可能抢救的文物均被抢救出来后，王志英立即到县博物馆和文化局向领导作了汇报，扶风县文化局立即派人前往省城西安，向陕西省文物局和陕西省考古研究所作了汇报。省文物局接到报告，遂派文物处处长张廷皓带人前往法门寺作实地勘察。为不虚此行，并尽可能地将现场勘察清楚，张廷皓顾不得半边斜立的残塔随时都有倒崩的危险，以考古工作者的探险精神，硬是手扒砖缝，脚蹬残迹，一步步爬上了塔顶。当情况基本弄清后，便命人找来几十块大塑料布，将倒塌的残迹覆盖，并叮嘱王志英、澄观法师等照料保护好残塔，然后驱车回西安汇报。

自从那白色塑料布盖住了残塔和张廷皓等一行撤出法门寺之后，按照县文化局领导的指示，将在霪雨中抢救出的部分文物，暂时运往县博物馆保存——自此，法门寺和官方短暂的交往便宣告结束。

此时，整个中华民族刚刚从善恶颠倒的大灾难中苏醒过来，百废待举。而法门宝塔倒下的地方，又偏偏在自古有帝王都城之称的陕西塬上。千年的文化积淀，使陕西这块黄土凝成的土地，秦砖汉瓦、皇陵圣冢比比皆是，文物古迹应有尽有。自明清之后佛事渐为冷清的法门寺，早已引不起人们的兴趣，特别是在法门寺真正的一层神秘面纱未被揭开之前。

冬去春来，当宝塔村的百姓在确切地得知当地政府和上级政府已将倒塌的真身宝塔疏忽或遗忘时，再也按捺不住心中的激情，他们怀着对佛祖释迦牟尼的真挚情感和一种无法言表的慈心悲愿，开始了自己的行动——这个行动的倡导者就是四百年前大明万历年间重建宝塔的发起人和实际组织者党万良的嫡世子孙，时任法门公社宝塔大队党支部书记兼西坡生产队队长的党林生。

这位宝塔村的领导者和二十几名村民代表，沿用了他们祖先对朝廷上“陈情表”的方式，联名向县、地区和省里写了一封质朴真挚的“陈情表”，表中说出了当地父老乡亲希望重修宝塔的愿望，并呼吁各级政府对残塔给以重视。

这封感情质朴真挚的信，在分别发往县、地、省三级政府部门后，如同泥牛入海，杳无音信。如此相同内容的信连发了多次，可还是毫无音讯。

正当党林生等人感到绝望又不知下一步该如何行动时，意外地遇到了一个人，一个和他们血脉相通、心心相印的人。这个人的名字叫韩金科。

韩金科虽然不是宝塔村人，但却是法门公社人，小的时候，法门寺的部分殿堂被改成学校，他就在这个学校里读书，宝塔村的大部分百姓都认识他，而他本人也跟这个古寺建立了一种说不清的亲缘和道不明的情感。

此时的韩金科正任扶风县县委理论教员，除了负责县委中心学习组外，还负责全县村以上干部的理论学习和普及工作。当他来到法门公社蹲点并来到宝塔村找党林生时，被群众发现并迅速包围起来。

当百姓们纷纷乞求他管一管法门寺真身宝塔的保护和修复工作时，这位对哲学和历史颇有研究的人哭笑不得。百姓们哪里知道，他只是一名普通的教员，怎么管得了修塔之事。但百姓们却不管这些，世世代代与周原黄土作伴的群众认为，

他是周原大地上成长起来的一名政府官员，只有他才了解法门寺，知道宝塔的分量和价值，只有他可以接触到上级政府部门的领导，只有他能够把百姓的心情原汤原味地端到领导者的面前。一切希望都在他的身上。

尽管韩金科有苦难言，但面对父老乡亲如此的真情和厚望，他无法回绝，何况，他本身也有呼吁政府迅速修复宝塔，保护国家财产的强烈愿望。

民意不可违。韩金科怀着一种复杂的心境走进了法门寺。当看到残存的宝塔摇摇欲坠，堆积的砖石瓦砾渐被黄尘风沙掩没，无数的珍贵文物还覆没在半截山似的坍土中时，他的眼睛湿润了，心底涌出了一股莫名的惆怅与悲凉。他当即对塔发誓，一定竭尽全力为修复佛塔而奔波。

宝塔村的百姓和法门寺住持澄观法师被感动了。他们握着韩金科的手，久久地不愿放下，韩金科以他能“接触到上级领导”的优势，自此开始了他的奔忙。

就在韩金科一面干着本职教员工作，一面用业余时间不断上“陈情表”的时候，转机来了。

一纸命令，使他变成了县委宣传部副部长兼县文化局局长。现在，他再也不是以一个书生的身份上“陈情表”了，他要以一个政府部门领导者的名义，堂堂正正地起草报告，他对上一级甚至更高级领导陈说法门寺宝塔的一切情况和修复理由。

韩金科找到的第一位官方领导，便是扶风县人大常委会副主任王俊哲。王俊哲曾是他的老上级，交往甚厚。当韩金科向王俊哲诉说了自己在法门寺的经历，以及村民们奔走相告呼吁修复宝塔的热情和决心时，这位领导的心灵受到强烈震撼，表示一定要尽自己的力量，为保护法门寺文物四方奔波求助。

韩金科的计划得到老上级的支持，自是热血奔流，激动不已，他很快将一份报告交王俊哲过目。王俊哲凭着自己多年为官的经验和处世哲学，认为一级一级上报是必要的，扶风县人大的顶头上级是宝鸡市人大，他们将报告删改一番后，一份要求上级拨款修塔的报告便正式诞生了。王俊哲是第一位以人大领导的身份，向宝鸡市人民代表大会打报告的人。

然而，就如同佛门弟子注定要经受千磨万击、历经劫难方能修成正果一样，要真正将修塔的计划得以实现，又谈何容易？王俊哲的一份报告当然是微不足道的。

这时的韩金科开始双管齐下，一边靠王俊哲不断地和上级保持联系，一边是自己和宝鸡市文物局联系。每次去宝鸡，怀里总要揣上一份修塔的报告，想方设法递给文物局的领导。他的报告一次比一次显得焦躁难耐，一次比一次显得尖锐甚至刻薄和愤懑。

精诚所至，金石为开。韩金科连同周原父老的一腔热情，终于使有关部门为之动容，并开始自觉或不自觉地对法门寺这座千年古刹重新注目。

1984年初，经有关部门批准，西北大学历史系、扶风县博物馆、周原博物馆等三家组成“法门寺联合调查组”，首次对宝塔废墟进行了清理，并在此基础上，就法门寺的历史及存留佛经、佛像进行了初步的鉴定和研究。当时的陕西省副省长孙达人及文物局领导陈金方、张廷皓等亲临现场考察了有关情况。

据联合调查组后来发表的《法门寺调查简报》称：这次清理工作，除了将倒下塔身的砖头集中保存外，还见到铜制塔顶，上铸有“明万历三十七年造”字样。塔顶内尚有一座一米高的小舍利塔，已断成四截，塔中有一红锦包，内装各色小宝石、红白珊瑚、琥珀、珍珠、红玛瑙、粗石珠、空心木质细枝（当为舍利）等佛教七珍。又有略作盾形的铜牌，中刻“万历三十五年七月造”，边刻“顺治十一

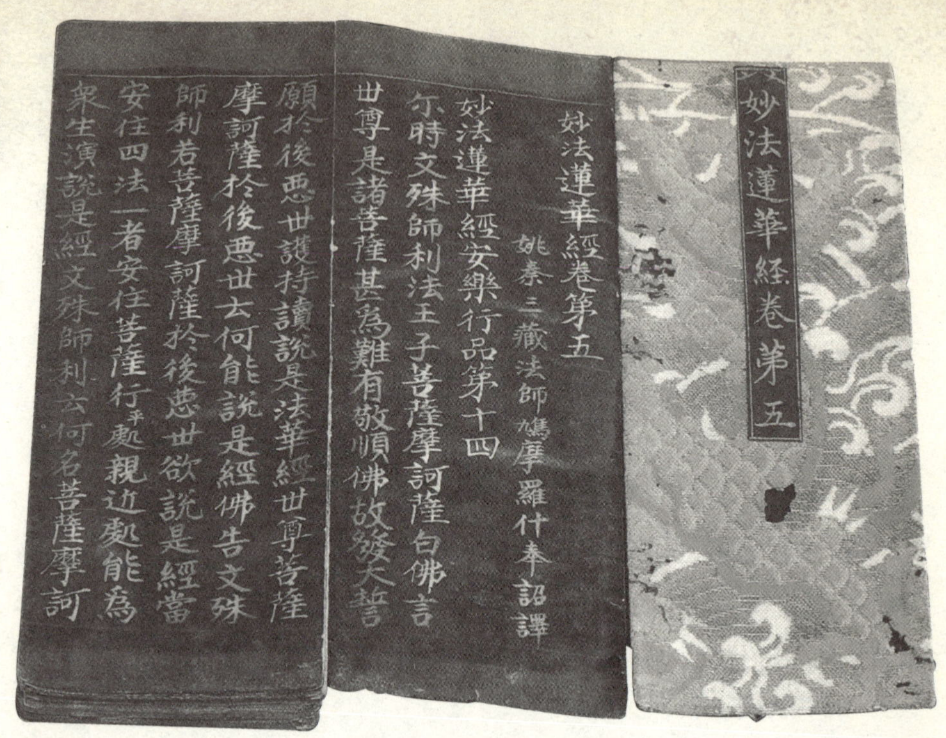

◎ 明代手抄本《妙法莲华经》

年六月初九日，地大震，佛像跌落，十二年二月初七日重造，仍送上顶”字样。

报告中特别强调，现存的半壁残塔，塔身裂缝明显，倾斜有度，恐难久存，但仍破青天、刺云端。经仔细观察，高层的佛龛中，尚有经、像压在边缘，肯定塔中还有文物遗存。据文献记载，塔之下建有地宫，藏释迦牟尼手指骨一节。又据参加过 1939 年维修塔寺的老人说，“曾见塔下有井，井下有宝物”等等。为了抢救残塔中的文物，希望有关部门迅速落实保护法门寺工作计划。

1984 年 7 月 31 日，《西安晚报》首次发表了题为《法门寺发现宋元藏经等珍贵文物》的报道。8 月 2 日，《陕西日报》也以此为题予以介绍。

两家报纸的分别报道，引起了国内新闻界的注意，新华通讯社及国内几家大报、电台纷纷对此事作了报道。

不久之后，时任文化部代部长的贺敬之、国务委员陈慕华、国家经委主任袁宝华等，分别来到法门寺调查、研究有关问题。

当法门寺在社会各界人们的心中稍有一点位置之后，已经觉醒的《陕西日报》、《西安晚报》等新闻单位，不失时机地发出了“救救真身宝塔”的呼吁。呼吁中明确指出：“塔是寺的象征和标志。无论是开展宗教活动，还是发展旅游事业，或是文化交流，或是保护文物，都不能没有塔。”

1985年7月1日，陕西省人民政府作出决定，由省民委、省宗教局、省文物局及所在地的宝鸡市（已由地区改市）、扶风县共同集资，重建真身宝塔。原残塔拆除五至十三层危险部分，保留其稳定部分，并责成扶风县博物馆对残塔上佛龛中留存和废墟中积压的文物，随工进行彻底清理，这是继唐代、明代之后，法门寺又一次重建宝塔。

1986年初秋，由扶风县文化局局长韩金科等人组织长安古建队，开始拆除残塔。拆塔这天，县市领导人、建筑工人、四方百姓纷纷来到塔前，向这华夏民族的文化遗存、周原父老的精神依托，作最后的告别。

一串长长的披红挂绿的鞭炮被高高举起，身披五彩袈裟的澄观法师率众僧立于塔下的香案前，香案之上三炷香火忽明忽暗地散放出股股紫烟，法师和众僧双手合十，口念真经，为释迦牟尼真身宝塔虔诚地祈祷。

长长的鞭炮燃起来了，炸裂的爆竹在秋日阳光的照耀下，分外绚丽壮美。随着一声“拆塔开始——”的呼喊，早已顺着升降机站立塔顶的韩金科，亲手轻轻地揭下了第一块砖。这时，立于塔下的众僧和四方百姓，都不由自主地缓缓将腿跪下，匍匐于这黄土凝成的古老的圣地，泪水涟涟地朝这同样古老的圣体叩拜不起……

自此，法门寺真身宝塔将正式作别沉重遥远的历史，迎来一个崭新的辉煌时代。

1986年冬，半边残塔的上八层全部拆除，并清理发现铜佛像五十尊、石佛像两尊和大批珍贵经卷。其中残《毗卢藏》四卷、《普宁藏》一百八十三卷、清代《妙法莲华经》七卷。这些藏经的发现，对于研究法门寺历史以及我国佛经雕印史，具有重大意义。

陕西省文物局重修法门寺宝塔的通知下达后，扶风县政府立即成立了修塔领导小组和修塔办公室，由扶风县副县长李宏桢为组长，县文化局局长韩金科为副组长兼修塔办公室主任，同时迅速抽调技术人员组成法门寺修塔古建队，为修建古塔作充分的准备。

1987年2月，陕西省考古研究所考古专家曹纬、扶风县博物馆馆长、考古专家淮建邦，以及考古技术人员傅升岐、王仓西、徐克诚、吕增福、胡武智等人，连同扶风县的部分领导，云集在文化局，召开了一次行动之前的会议。自此，法门寺终于迎来了新的命运转折的契机，古老的周原大地又将续写一部新的历史画卷。

◎ 迎真身素面金钵盂

考古人员走进古刹

◎ 明成化八年铸造的大铁钟

1987年2月28日，三级考古队的全部人员进驻法门寺，开始了具有历史性意义的行动。

原来的宝塔地基已被地下水破坏，建造新塔必须重打地基，而在此之前的首要工作是清理原塔基的地面废墟。

当所有的杂物被清除以后，极富神秘和刺激意味的清理发掘地基工作开始了。考古者们首先确定了一个10 × 10米的大探方[①]，按顺时针方向对角线开挖。开挖的结果不出所料，在现有塔基中发现了两个相叠的塔基。一个是唐代木塔塔基，一个是明代砖塔塔基。两个塔基的出现，吻合了历史的记载。

1987年3月10日至15日，考古学家曹纬和考古人员商量后决定，将10 × 10米的大探方改为10 × 5米的小探方，沿原大探方的四周布方清理。就在这次清理中，突然发现了夯筑痕迹，夯窝[②]为15厘米，每排夯窝均东北高、西南低，与明代真身宝塔倒塌的方向一致。这个现象的发现，说明明代地基变化最终导致了真身宝塔的坍塌。

① 探方：大面积考古发掘时所开的方形或长方形基本单位，可用以了解地下的堆积情形，并揭示出古代人类留下的遗址、遗物。

② 夯窝：夯筑地基或墙体时，夯槌在泥土表面留下的撞击痕迹，分为圆形平夯窝和球面夯窝两种。考古学家可根据其大小、形状及分布密度，用以推测当时的技术水平及施工状况。

◎ 法门寺塔基遗址

1987年3月20日，在曹纬的指导下，考古人员将明代砖塔基槽基本清理完毕。就在这个基槽的南面底部，发现了一块铺砌的长方形石条，极为明显的是，明代基槽将南面呈南北向的长方形基槽打破，该基槽内为含石灰点填土，与明代基槽的黄色土有较大区别，这表示一种新的现象即将出现了。

1987年4月2日，考古人员在被打破的基槽中央部位处，意外地发现了一个直径约为80厘米的圆柱形井筒。此时的井筒已被土方填实，但填土松散，并未夯实，土质中似乎掺杂着垃圾一样的细碎东西，考古发掘人员似乎从这小小井筒中发现了什么，大家围拢过来，密切地注视着面前的一切。

“拿铲来！”来自陕西省考古研究所的考古学家曹纬，从一个钻探工人手中接过洛阳铲，小心翼翼地向圆柱形井筒的中心探去。

这洛阳铲原为中原一带的盗墓贼所发明，后渐被考古人员利用，成了考古专用工具。其铲轻便锋利，便于操作，是勘探古墓和遗迹的得力助手，无论是有经验的盗墓贼还是考古学者，只要凭着洛阳铲触及地面的声音和提取出来的物质，就可判断地下几十米内的具体情形。

现在，洛阳铲在曹纬手中上下抽动，随着一堆堆成色纷乱的填土被提出，不大的钻孔也在渐渐延伸。终于，铲柄发出了轻微的颤动，这是触及硬性物质的特征。“像是触到了石块。”曹纬说着将铲提出，只见那直筒状的铲刃上，沾满了白色的石粉。这是大理石才特有的粉末。

每个发掘人员心中都清楚，周原的黄土下是没有天然大理石的，这一现象的出现，意味着塔基下肯定有建筑物存在，也许，下面就是迷失千年的地宫宝顶。

经过一番周密的思考和磋商，大家决定以井筒为中心，按5 × 10米的长方形向下发掘，这样既节省时间，又便于工作人员操作。

在这个不算太大的空间里，发掘进度很快。随着填土的不断运出，一个泥塑的佛像断臂和头颅露了出来。从这一迹象上判断，泥塑佛像的断臂残头及填土年代，几乎是在同一个时期进入这个位置的，时间跨度应为二十年左右。紧接着，大家又从发掘的填土中发现了香烟头、水果糖纸和几粒瓜籽、花生皮等杂物。

这到底是怎么回事？在明代修建的宝塔下，何以出现这样现代的遗留物？正当大家面面相觑的时候，突然有人小声说道：“是不是地宫被盗了？”一句话提醒了在场所有的人，刚才那种热情与欣喜瞬间被一种冰冷的不祥的预感所替代。

“快来看，还有毛主席像呢！”一个抬土的民工蹲在地上，正用粗糙的手指揉搓着什么。大家寻着他的喊声围过去，只见一枚指头肚大小的像章在民工手中捏着，这是一枚红底圆形的毛泽东主席的头像，尽管锈迹斑斑，但依然看得分明。韩金科一拍大腿，像是对自己，也像是对众人大声说道：“我明白了，是‘文化大革命’……”

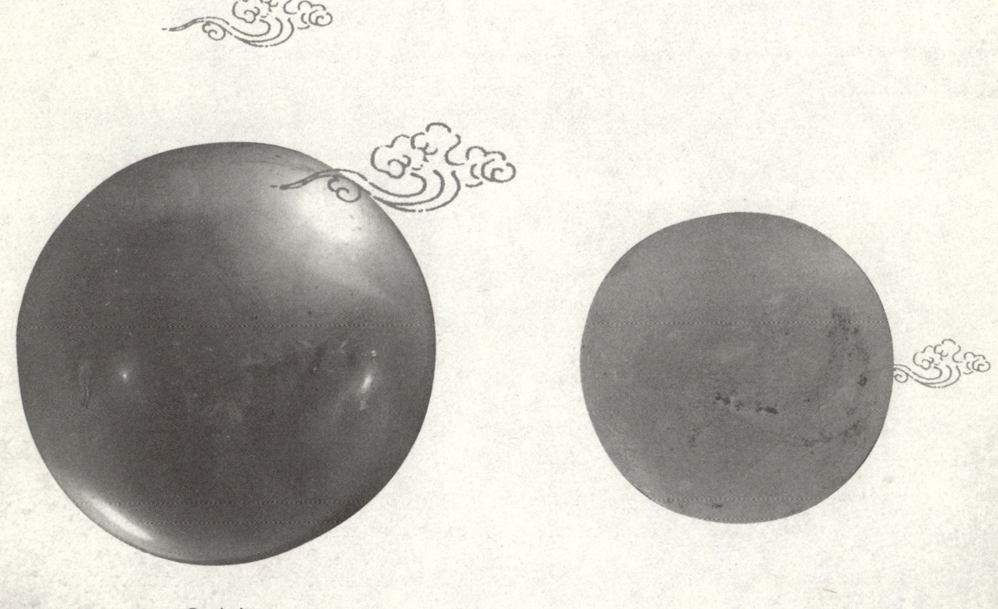

◎ 随球

良卿法师焚身护寺

那是文革中的一个黎明，数百名红卫兵小将在县城西郊那块宽敞的空地上集合完毕，随之满怀“革命”豪情壮志，浩浩荡荡地向法门寺涌去。

尽管这些身着绿色假军装、稚气未脱的红卫兵小将，对这次“文化大革命”真正的目的和意义并不清楚，但有一点却是深信不疑的，那就是法门寺这座千年古刹，既是牛鬼蛇神的养生之地，又是埋藏蒋帮秘密电台的黑窝。这双重的罪恶赋予了小将们加倍的责任和“革命”的神圣，由此使他们热血沸腾，信心倍增。

杀气腾腾的红卫兵大队人马，裹着翻起的黄土尘烟，一路杀进了法门寺门。法门寺大雄宝殿内，80岁高龄的良卿法师正端坐在莲花八宝图案的蒲团上，双手合十，微闭双眼，全神贯注地诵念《涅槃经》。

在抗战初期就从河南偃师故土出家到洛阳白马寺并渐成为当家的良卿法师，于1953年受佛教协会的派遣，来到法门寺任住持。当时的法门寺由于清末和民国时期的战乱，已是千疮百孔、荒草遍地、面目全非，偌大的院内只残存两幢佛殿和一个即将倾塌的钟鼓楼，与真身宝塔形影相吊，而诵经礼佛的僧人则在枪炮的轰鸣和铁蹄的驱赶下四处溃逃，法门寺成为空无一人的荒庙野寺。

良卿法师独自一人来到法门寺后，不顾年迈体弱，八方呼吁，四方求援，立志重振法门神威。在他的努力下，法门寺的境况日渐好转，佛殿、围墙及鼓楼得到了修整，绝迹的香火重新点燃，佛祖的圣光不断向古老的周原和大千世界扩散，久违的芸芸众生又敞开心扉投入到佛祖宽厚、温热的怀抱……正当良卿法师为自己十几年的心血换来的果实而感到欣慰的时候，大风暴来临了。

一个头扎小辫的姑娘抖抖身上的尘土，走出人群来到良卿法师面前，像背诵课文一样高声朗诵毛主席语录："什么人站在革命人民方面，他就是革命派。什么人站在帝国主义、封建主义、官僚资本主义方面，他就是反革命派……"

小辫子姑娘背诵的毛主席语录还没有结束，早就按捺不住心中激情的小将们便开始了"不砸烂一个旧世界，就不能建立一个新世界"的行动。大雄宝殿内，那仅一只耳朵就可以承托六人的巨型泥塑卧佛被石头、棍棒、铁器击碎了，正佛殿的一切佛像和设施被捣烂了，铜佛殿内的铜佛被捆上绳索拉倒了……

面对瞬间成为灰土碎渣的巨佛和东倒西歪的铜像，一生笃信教戒、信誓精诚的良卿法师，依然端坐在莲花蒲团上，手捻佛珠，口诵经卷，在红卫兵的叫喊声中默默祈祷。他在渴望佛祖显灵，以那无量的法力扼住劫难的持续。然而，万世不灭的佛祖迟迟不肯施展它的神威，它仍在一个神秘的暗处窥视着凡夫俗子们在这圣洁的殿堂施暴，它在等待那善恶报应的最终结局。

◎ 良卿法师

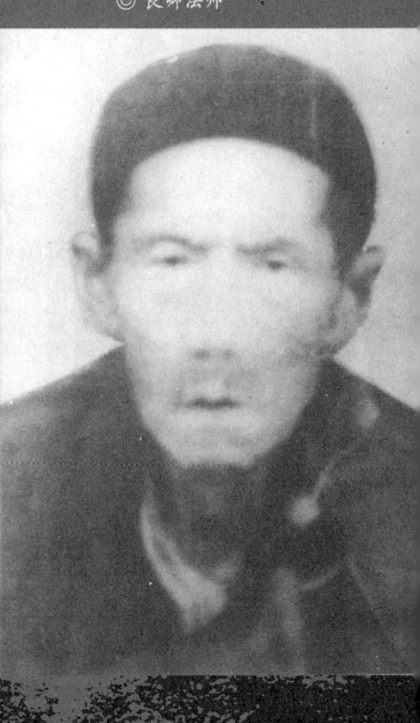

红卫兵小将们将大殿内外的"牛鬼蛇神"顷刻荡平之后，心中的狂热依然没有减退，与此相反的是，潜藏在心灵深处那六根未净的破坏欲望越来越强烈。他们在寺院中寻找着一切可以碾碎砸烂的珍贵物件。终于，有人在寺院上殿檐口处发现了一块刻着字并有七个圆孔的石碑。石碑本身已摇摇欲坠，经此人用力一掀，摔落于地，铮铮作响。

这时的红卫兵小将和造反派们当然不知道，他们要砸毁的正是一块中国历史上独一无二的记述古代音乐发展史并自身尚可发出七节音符的神奇绝妙的"七音碑"。

关于这块七音碑造就的年代无从查考，据后来的考古学家推断，至少不会晚于隋唐时代。当然，也有人推断诞生在北魏时期。传说是由中国古代音乐乐圣师旷得仙乐而制成，师旷去世后，七音碑在战乱中被遗弃荒野，法门寺建成后，一位有心的和尚找到此碑，并将它移至法门寺。

当然，现存的这块七音碑是不是和师旷同一个时代诞生，由于考古资料缺乏，现在人们还无法确切地知道。人们知道的是，这块世界上独一无二的本身能发出钟磬般的音节、上面镌刻着中国古典音乐发展历史和技巧的七音碑，被一帮造反派和“红卫兵小将”砸烂了，然后又抛到一个石灰窑给彻底地火葬了。这是中国音乐史上的一个悲哀，也是世界音乐史上的一个重大遗憾和损失。

当法门寺被折腾得天翻地覆之后，造反派和红卫兵大队人马又开到真身宝塔之下，他们要在这佛祖的安息之地挖出秘藏的蒋帮电台。

宝塔内外，造反派和一群群红卫兵轮番挥舞着从附近农村拿来的铁锨、镢头，向圣洁的地下劈去。一块块青砖被刨出，一堆堆黄土被抛散。瞬间，宝塔内外已是坑洼遍布、面目全非。与此同时，有几人施展了“飞檐走壁”的绝技，以勇不可当的冒死精神爬上塔基，对每一处藏佛壁龛都仔细地察看，无数泥佛铜像纷纷坠地，跌入抛散的泥土之中。

一直观望着这场劫难的良卿法师，本希望造反派和这帮娃娃在大殿内外折腾一阵后就会自动离去。但是，眼前的事实却在越来越清楚地告诉他，事态的发展比自己预料的要严重得多。当看到那渐渐增高的土堆和越来越疯狂的人群时，他的身心感到了从未有过的颤栗和恐慌。他知道，在这座称雄于世的宝塔下，埋藏着宗教界最大的秘密，它的价值无法估量。假如这个秘密在这样的场景下被揭开，千年的稀世珍宝将毁于一旦。

良卿法师再也无法沉默了，他从八瓣莲花蒲团上站起来，大步向宝塔走去。他要用自己的言行来阻止住这场劫难。

“阿弥陀佛，使不得，千万使不得，你们赶快住手……”良卿法师一边吆喝，一边向疯狂的人群中间挤去。这时，他看到宝塔中心已挖出了约有半人深的大洞，飞扬的镢头正咚咚地向下劈去。良卿法师打了个冷战，头嗡的一声如同炸开，他高喊一声“罪过！”便跌跌撞撞地滚落到挖出的洞中。

干劲正酣的造反派队员和红卫兵小将，见眼前的和尚竟敢阻止自己的“革命”行动，不禁勃然大怒，立即放下手中的工具，几个人上来一顿拳脚将良卿法师打得鼻口流血，头皮青肿，昏死过去。几个男女上来，分别拽胳膊拉腿，将昏迷的良卿法师连拖带拉扔到了宝塔后的空地上。

酷热伴随着剧痛使良卿法师醒了过来，他吃力地睁开已被鲜血粘住的眼睛，望了一下依然挥镢抡锨、疯狂肆虐的人群，心中一阵悸痛和痉挛，他知道，用不了半个时辰，那封闭了千年的地宫将被挖开，佛祖的灵骨将在劫难逃，面对这无法改变的厄运，良卿法师长叹一声，心中泛起一阵内疚之情，难道佛祖的圣灵将在自己的守护中被践踏、断送吗？假若真的如此，自己还有什么脸面活在世上？

他伸手抹了一把脸上那早已干涸的血污，用力站起身，一拐一瘸地向他的住室走去。他从住室的木箱里找出了那件平时不舍得穿的五色木棉袈裟，这是一件只有寺院住持才能拥有的具有象征意义的特殊法物。今天，良卿法师特意把它披在身上，以表示自己对佛的虔诚和生死相依的信念。

香案前，良卿法师双膝跪倒，两眼含泪，对残缺不全的释迦佛祖的塑像顶礼膜拜之后，顺手将身边一个油桶打开，这是他平时照明用的煤油，他用最后一点气力将桶高高举过头顶。霎时，桶中黏糊糊的煤油倾泄而出，沿着脖颈哗哗地流到脚底。

在呛鼻刺眼的气味中，良卿法师缓缓站起身来，双手合十，冲佛祖的塑像连念三声“佛祖保佑”，尔后从香案上抓过一盒火柴，又抱来一捆柴草，转过身大步向外走去。

◎ 明代铜舍利塔

高耸入云天的释迦牟尼真身宝塔就在眼前了，良卿法师停下来，将柴草铺于地下，睁大那双泪水涟涟的眼睛，悲痛万分地打量了一下那阳光照耀中的宝塔全身，哧的一声划着了手中的火柴。

冲天的大火燃起，良卿法师那瘦弱、模糊的身影在火舌烟雾的包围中缓缓向宝塔移动，那烤灼皮肉的爆裂声伴着刺鼻的油烟味瞬间扩散开来。

造反派和红卫兵看到良卿法师自焚的悲壮场景时，一个个目瞪口呆，在他们不算太长的“革命”征途上，从未遇到过以如此方式来抗争的非凡人物，这血与火凝固的瞬间，在每个人的心灵深处势同一枚重磅响雷轰然炸开。所有的人顿时懵了、傻了，积淀的狂热与喷涌的激情立即消失殆尽，在极度的惊恐与不安中扔下手中工具四散而去。

法门寺劫后余生。

发现玄宫

◎ 明代砖刻题记

韩金科没有想到，二十年后从泥土中发现的一枚毛主席像章，会重新勾起他渐已淡远的记忆。他更没有想到，这完全不同于二十年前的发掘，会成为轰动于世的壮举。

发掘还在继续，时间在一分一秒地过去，原始的夯土开始出现，发掘者的注意力越发集中。正在这时，只听“砰”的一声，进入土中的镢头触到了硬物。大家沉着的心为之一震。

“像是石头。”众人几乎同时喊出，曹纬的心随之悬了起来：“是不是触到了迷失千年的地宫？要真的是地宫，那可要加倍地小心行事。”

发掘在高度的谨慎与小心中明显加快了速度，夯土越来越少，塔基中心那巨大的台墩上，一块汉白玉石板的层面显露出来。就在这时，韩金科突然意识到了什么，他找到李宏桢副县长商量片刻之后，随即将民工们集中起来带到了另一个地方。这些民工分别来自长安县韦曲镇和当地法门镇宝塔村，他们跟随着考古、建筑队员们在这里已工作了几十个日日夜夜，为宝塔的拆除和清理作出了突出的贡献。现在，他们得马上离开这里，人多嘴杂，所以要尽量缩小知情者的范围。

现场只剩下十几个人，李宏桢和韩金科坐镇指挥，县博物馆馆长淮建邦、县

◎ 未打开前的地宫第一道门

修塔办公室主任常鸿玉和县级有关部门的负责人傅升岐、郭建秦、白安礼、吕增福，以及陕西省考古研究所的曹纬等人，具体实施发掘工作。

当大家小心翼翼地用手拨开石板上沾着的泥土时，只见一只线刻雄狮出现在石板正中央。它身躯呈半蹲姿势，双目满含着雄性动物的挑战之光，微张的大口内衔着一枚大铁环。雄狮左脚前方部位，石板已碎裂成两块，但仍完好地缝合着，似无人动过。几秒钟后，南北走向的长方体坑内，又裸露出几块形状各异的石块端部来。所有在现场的人，心情紧张得似要凝固，四周出奇地寂静，几乎都能听到心脏的跳动。

曹纬小心异常地上前，用手扒开中心部分的虚土，将那线雕雄狮的石板中那断为两截的角石取掉。只见石板下露出一道小缝，缝内一股阴冷之气直扑面颊，不禁使他打了个寒颤。

曹纬站在石板前怔怔地望着裂缝沉思片刻，尔后慢慢俯下身子，左眼闭，右眼睁，小心谨慎地向缝内看去，里边漆黑一团，什么也看不见。他向旁边一挥手："快拿手电筒来。"

手电光穿过缝隙中缥缈的浓雾，照亮了一个硕大的空间。只见里面烟雾升腾中，一片难辨分明的物体散发着灿烂光芒，这光芒似雨后的彩虹，又如弥散西天的晚霞，夺人双目，刺人心扉。无论是有神论者，还是无神论者，都会为这扑朔迷离的地宫之宝而倾倒，而迷醉。

省考古研究所的曹纬、县修塔建筑考古队的傅升岐以及吕增福、淮建邦，都是在闻名古今的青铜器之乡、西秦腹地古周原上从事多年考古活动的专家。他们凭着多年的田野考古经验，以及眼前这南北铺盖的石板式样与子午线走向重合的实物事实，初步推测，这是皇家地宫的规模，其大小可能远远超过了眼见的面积，而地宫中珍藏的宝物，肯定会超出所有人的想象。现场的每个人都为这一重大发现心魂激荡。

时间接近正午12点。

韩金科与李宏桢商定，为了使发掘工作更加顺利进行及保证地宫珍宝的万无一失，两人以发掘领导小组的名义，在现场紧急拟订了七项措施，号令所有的人员都要严守机密，并将刚才发现的裂缝原土封存，派几个人寸步不离地把守。然后他们立即前往法门镇政府，向县委、县政府作了电话汇报，请求速派保卫人员前往法门寺。随后，又以同样的内容和请求向宝鸡市和陕西省有关部门汇报。由于电话久接不通，两人决定干脆直接派人前往西安，向省文物局和考古研究所详细汇报。

事不宜迟，韩金科决定由自己和曹纬同赴西安。临走之前，又起草了一份发掘简报，两人登上县人大常委会派来的轿车，向西安飞奔而去。

半个小时后，武警扶风县中队的战士飞车十公里赶到法门寺，他们佩带警具，荷枪实弹，威严地守卫在发掘现场周围，组成了一道密不透风的保护网。

一个小时后，汽车在古城西安大雁塔附近的陕西省考古研究所大院停下，韩金科怀揣报告，急促地敲开了所长石兴邦家的房门。

“石所长，我们在法门寺发现了地宫……”韩金科气喘吁吁地说着，递上了发掘简报。

石兴邦望着满脸尘土、汗流浃背的韩金科和曹纬先是一惊，然后急忙盯住发掘简报看起来。站在旁侧的韩金科清晰地看到，这位年过花甲的长者，嘴唇在微微上下颤动，双手不住地哆嗦，这显然是由于极度激动而难以自控的缘故。这位新中国第一代考古学研究生、在国内外颇负盛名的考古学家，放下简报，在屋里踱了几步，转过身，猛拍了一把韩金科的肩头，激情难平而又信心十足地说道：“等着看吧，这一伟大的发现，必将像秦始皇陵兵马俑一样震惊世界。”

石兴邦当即决定由周原考古队和凤翔考古队抽人参加法门寺发掘工作，又拿起电话，拨通了当时正在雍城遗址发掘的考古学家韩伟，令他火速赶往法门寺现场。同时通知考古研究所的文物保护专家冯宗游准备保护器材，通知摄影、绘图的王保平、白金锁……随后，一声声“法门寺出现珍宝”的消息通过电话传往陕

西省委、省政府和有关部门。

下午4点，驻西安的考古工作者全部到达法门寺。

在石兴邦的具体组织下，由省、地、县三级考古工作者组成的最高层次的考古队迅速成立。其人员具体分工为：

发掘者：石兴邦、韩伟、任周芳、韩金科、淮建邦、傅升岐、冯宗游、曹纬、王占奎、王保平

摄影、绘图：王保平、赵赋康、白金琐、朱岁明

记录：韩伟、王占奎、金宪镛、曹纬、任周芳、淮建邦、傅升岐

省文物局副局长张廷皓参加指导。

三级考古队成立后，在石兴邦的统领下，连夜投入了工作。经过对现场认真、细致地观察，专家们肯定了扶风县考古修塔建筑队的推测，一致认为，塔基下就是一处南北走向的横卧式地宫。但目前首要的问题是，要尽快找到地宫宫门。

从凤翔雍城考古工地赶来的韩伟，指挥稍后赶来的考古人员王保平、吕增福、徐克诚等人，在寺院内罗汉殿北及原真身宝塔之间实施钻探，以图寻找地宫入口。稍后，曹纬率考古人员在原圈定5×10米挖掘范围的基础上，先揭开铺地砖，又决定扩大发掘范围至20×20米。

为了尽快找到地宫神秘的宫门，考古队决定再次使用民工。韩金科于是风风火火地叫来法门宝塔大队书记、西坡生产队队长党林生。党林生去村里挑选青壮年劳力，各自带上自己家里的镢头、铁锨，快速在法门寺院集合，一板一眼交待完任务后，近百名庄户汉子便开始了紧张的挖掘。

然而，4月4日整整一天过去了，仍不见地宫大门的影子。

时值春寒料峭，周原上冷风袭人。可忠厚的青壮劳力们，像习惯风雪一样没有一个畏缩，尽管一天的辛勤劳动，他们只得到一元五角人民币的报酬，他们的干劲照样不减。其实，即使一天不发给他们半文钱，他们也会为家乡的荣誉而干的。

夜幕降临时，仍然毫无任何发现。有人开始怀疑，这地宫是不是地下迷宫？

4月5日凌晨，一民工在罗汉殿北8.4米的地下30厘米处试掘了两镢，未想到，这两镢竟找到了地宫口。他先看到镢头触在砖头上之后，地裂一小洞，于是

大声叫喊起来："这儿有情况！"

人们"哗啦"一下全围了过来。

——地宫入口终于发现了。

地宫入口宽达2米，根据考古人员钻探的其水平距离下降的数值，判断入口处为砖砌的斜坡踏步漫道，大约有十九阶，漫道长度为5.6米。

地宫入口处的第一级台阶，是青石板铺成。这位姓张的民工因此成了法门寺历史上的功臣。但是，正如每一位周原父老兄弟姐妹一样，他仅是极为普通的群众而已。地宫口找到后，民工们又要撤离了。这里因具体情况限制，只能有考古队员及个别领导在场，而为找地宫口抛洒了汗水的民工兄弟的队伍在完成了使命后，就被解散了。

细心的考古队员这时舒缓了一口气，他们恍然发现了一个秘密：有两棵合抱粗的梧桐树，枝叶繁茂地站立在地宫口，像两名站岗守卫的勇士。这太有些离奇得不可思议了。若早有此悟性，直接拿起镢头在两棵树中间轻轻一挖，不是再简单不过了吗？

◎ 宝塔佛龛中所藏铜佛造像

3

「在玄宫的隧道里」

碑刻春秋

之后的工作即由考古队员去做。当大部分辛勤挖土劳作而没有看到真正谜底的民工纷纷离去以后，揭开历史沉睡久垂的帷幕的责任便由考古队员来承担，他们的心无疑是激动的。

从第一级台阶开始挖掘清理，他们顺利地找出了第二级台阶、第三级台阶……这一级级台阶形成一条踏步漫道。踏步漫道呈四十五度角向下向里延伸，就如一个长方体槽形甬道。

从第二级开始，队员们边挖，专家们边用尺子量，同时用笔记录。第一级台阶高16.5—19厘米，宽27—33.5厘米，长2米，由六块方砖或再加一块小条砖并排铺成一层，每级约三层。

也是从第二级开始，每一台阶上都发现唐代的粗瓷油灯盏及撒满了带着翠绿色铜锈的大大小小的五铢、开元通宝、乾元重宝等各

◎ 地宫踏步漫道与第一道石门

式铜钱，很像关中周原的榆树上生长的榆钱，熟落一地。

留在工地主持发掘工作的韩伟考虑到发掘的重大责任，立即与韩金科商量，命人火速就近赶制三十套只露两眼一鼻一嘴的全桶套式蓝衣装，亦即工作服。衣服全身没有口袋，扣子则在身背，且必得本人穿而另一人给系扣子。这样做的目的，就是防止任何可能丢失——哪怕是一件古文物——的事情发生。

衣服穿在了现场的每一个人身上。漫步平台也一级一级向下延伸。由于时间太久远，有些钱发生了化学变化，几近于成为灰粉，看上去形色还好，可一触摸立即如面粉一样碎了。这使得冯宗游这位文物保护专家不得不慎之又慎，使出浑身解数，拿出“十八般兵器”，认认真真仔仔细细保护现场。

◎ 唐乾元重宝、开元通宝、会昌通宝钱

除了大量的古铜币，文物保护专家冯宗游又发现了数枚稀有的玳瑁币，这使得发掘又多了一层耐人寻味的神秘。从第十四级台阶起，开元通宝铜钱越来越密。漫道北端的高浮雕门楣已显露出来，但为一块巨石所封堵，当把填土清理出去后，知道为第二十级台阶。

踏步漫道的第二十级台阶下面是一平台。平台略呈方形，东西长1.95米，南北宽1.75米，由五排方砖铺成，每排六块，表面平整。平台表面上同样撒满了绿锈斑驳的各式铜钱。紧接青石平台，人们发现一堆重叠有序的石块，大家小心翼翼地搬开这堆杂色石块，一数，共八块。韩伟一下子顿悟：“这是封门石。”于是，他指挥考古人员和后勤人员拿来导链，用以吊起封门石。待八块封门石搬掉后，凸现于人们眼前的，是一个双扇素面青石门。石门高约1米，门扇正面无纹，不太光整。两扇门环处，一把大铁锁紧紧锁住了浇铸进门扇的铁环。铁锁已

因年代的久远而完全锈死。怎么办？

这时，人们的眼光四下扫视，所有的人都似在寻找着什么。他们发现，门框是由较大的四块青石做成，门楣横架于其上，门楣的东西两端夹填着石块，石块正面光滑平整，上有梵文痕迹。还有门槛，亦为条状青石砌成，其正面打磨后，雕刻出三层仰莲瓣，上下两层五瓣，中层六瓣，各层间上下错列，莲瓣的周围饰有阴刻的卷云纹，中层莲瓣的正中还雕刻有佛像，旁有题刻，自西向东，依次为“南无□阿迦佛”、“南无□精进佛”、“南无□忧佛”、“南无毗卢遮那佛”、“南无卢舍那佛”。

对于佛像、题刻、莲瓣，考古队员们并不陌生，问题在于这些东西两侧夹填的石块上的梵文咒语无人能解得开。就在大家不知所措的时候，不知是谁喊了声：“看看门楣上的顶石。”

于是目光同时向顶石移去。只见顶石上方安置有一块梯形石块，石块正中刻有两只对首飞翔的凤鸟，凤鸟周围衬有线雕缠枝纹，布局对称，构图明朗。石顶左上角有“醴泉县人王行□”等刻文。韩伟一眼便认出了，这两只凤鸟，就是迦陵频伽鸟，是一种佛典里象征吉祥瑞福的神鸟。它的嘴微张，嘴里含着一枚珠丹，这是献给佛祖的最珍贵的吉祥物。

◎ 地宫第一道石门全景

韩伟从这一对吉祥鸟的存在，似乎找到了打开石门铁锁的答案。他断定，封铸地宫宫门的人，绝对是佛祖的忠实信徒。既然是佛祖的信徒，就应是大慈大悲、普度众生的人。所以，石门内侧不可能安置杀人机关。他和罗西章、曹纬、傅升岐、任周芳下至第一道石门，分析

◎ 地宫第一道石门上的朱雀门楣

研究开启办法。

此时的铁锁已锈死，当年的钥匙不知存放于何处，即使找见钥匙，也不可能打开了。此种情形，只有用考古学中特殊的手段和方法进行处理。

为了尊重宗教教仪和宗教政策，考古人员在开锁之前，请来了法门寺住持澄观、静一等法师，在漫道平台摆案焚香，为即将开启的地宫诵经祈祷。

4月9日上午10点21分，富有经验的考古人员任周芳，根据大家事先研究的方法，用一根锯条锯开了门上锈蚀的大铁锁，然后在录像机和辅助灯光的照耀下，韩伟轻轻地推开了两扇石门。

随着两扇石门“咯嘣、咯嘣”地向两侧运转，一股阴森潮湿的雾气呼呼地喷射而出。雾气凝重急促，弥漫散发出一股刺鼻的霉味，这股霉味刺得众人热泪直流、咳嗽不止，不得不撤离到石门两侧以避雾击。

待雾气渐渐散尽，录像机的灯光才重新对准地宫。透过淡淡的雾气，考古人员看到甬道内石壁断裂严重，地面散铺着无数的铜钱和崩裂的碎石渣。

为防止不测，韩伟、曹纬、罗西章等在地宫口决定，先察看险情，确定安全措施。于是，由韩金科、罗西章、

◎地宫甬道与第二道石门前的物账碑

韩伟、曹纬和省文物局来的侯卫东依次进入甬道，考古人员白安理、傅升岐等随后跟进。他们小心翼翼地在地宫内转了一圈，为了怕踏坏、破坏了文物和文物遗迹，大家很快依次退了出来。随后立即拟定了发掘地宫的计划。

几年后，当韩伟回忆起这段经历时说："当我拿手电，向这座刚刚启开的却已经封闭了1113年的地下宝库照射时，一股强烈的那个时代的云烟气息扑面而来，我看到了宗教信徒们的无比虔诚和敬意，看到了统治者为求得统治安稳而不惜耗费的巨大财富，也看到了那样一个被神学时代所统治的中国中世纪风貌……"

在进入地宫之前，韩伟组织召开了临时会议，并提出甬道内先以木材支撑的办法，这个想法当然是为安全而计。因甬道内部没有发现文物存放，且顶部断裂严重，为万无一失，决定不再绘图，只搞文字记录、录像和照相，并决定由曹纬带吕增福、徐克诚入内，将撒在甬道地面上的铜钱捡出。

会议结束后，考古人员依次进入地宫门。手电光下，他们看到，眼前是一段长长的隧道。隧道两边的石墙、顶部和地面，均为黑色大理石镶砌，且用白石灰勾缝。铜币仍然满地都是，在数以万计的铜币中，又发现了几枚玳瑁币，与踏步漫道上玳瑁币加起来，一共十三枚。这十三枚稀有钱币，在法门寺地宫宫门还未洞开之前，全中国大陆也就只有那么两枚！至此，共出土古代货币四百多公斤，计七万多枚。这几乎囊括了唐代的全部货币品类。

在隧道的石壁东侧，有好多或端正或歪扭的刻字和用白色颜料书写的题记，如"右神策军使衙子弟都部领迎送真身□□周”等，内容多与迎送真身或“勾当（处理承办）隧道”有关。

隧道的后边为第二道石门，石门前为两块石碑所堵封。韩伟再次召开临时会议，并决定迅速打开第二道石门。若险情不严重，则进入前室清理。

要打开石门，必须先将堵封石门的两块石碑搬出，于是，在民工的配合下，用了近三个小时，将两块石碑全部运出地宫。只见运出的石碑之上，刻满了以楷书书写的文字，字体看上去颇有中国传统书法飘逸大方、遒劲有力的气势。

第一块石碑上，开首刻着如下的文字：

大唐咸通启送岐阳真身志文

内殿首座左右街净光大师赐紫[1]沙门臣僧澈撰内讲论赐紫沙门臣令真书

第二块碑文较前面第一块石碑字数要多，起头两行文字如下：

监送真身使

应徒重真寺随真身供养道具及恩赐金银器物宝函等并新恩赐到金银宝器衣物如后

几位考古队员，一边擦着汗渍渍、灰蒙蒙的脸，一边反复琢磨字意，不禁喜形于色，亢奋激动。

“无价宝！无价宝啊！！”最先悟出门道的考古专家激动得不能自已，跳着喊了起来。众人跟着陷入不可抑制的发狂状态。

闻讯赶来法门寺现场具体指挥发掘的陕西省副省长、历史学家孙达

◎ 物账碑

① 赐紫：唐制以紫色为三品以上官员的袍色，五品以上为绯色，官位不及者、僧道乃至画院待诏，也往往有赐紫之举。此处是指朝廷赐紫袈裟给高僧，以示宠贵。

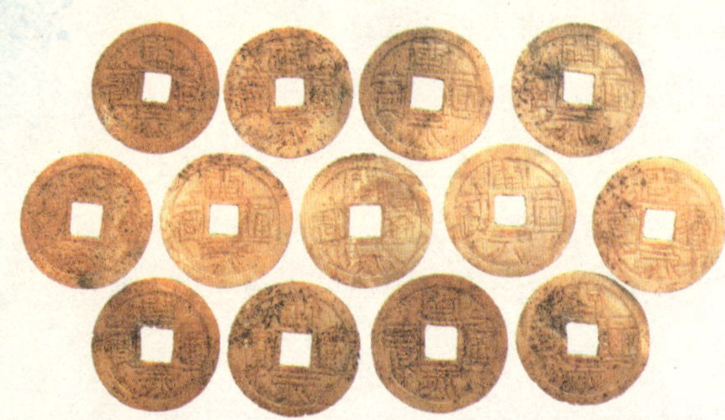

◎ 玳瑁开元通宝

人，以他文物考古内行敏锐的头脑，作出如下断语："有了两块石碑刻文，我们就可以按图索骥，不用发愁了。千年迷宫，在人民手里，终要再现出它的如意吉祥的谜底……"

原来第二块石碑详细记载了大唐咸通十四年迎奉佛骨后，皇室供佛器物的名称、大小尺寸、重量和施奉者姓名等，这是我国唐代考古所发现的惟一最完整的物账碑。前一块志文碑和后一块物账碑，是我国现存为数不多的唐碑精品。从这两块珍贵唐碑的文字分析，显然是唐代最后一次迎送佛骨时留下的，即咸通迎佛骨一事。

对于这两块珍贵的唐碑，考古队员仍像对待其他文物一样，丈量、登记造册。

这块石碑用半文半白的文字，述说了中国历史上从元魏至唐代帝王历次来法门寺礼拜佛骨的经过，其中包括历史上有名的，也是法门寺最大一次劫难的"会昌灭佛"事件。从这段记载中，人们更加真切地了解了盛唐之时那波澜壮阔、气势恢宏又奇事百出的迎佛送骨活动。正是有了这些奇盛的活动，才有了后来人们在法门寺地宫看到的一切，才有了那么多欢乐与悲哀、神秘与惊险的故事。

帝王初临

◎ 隋文帝画像

西魏恭帝二年（555年），也就是志文碑上记载的元魏二年，便有了岐州牧拓跋育打开法门寺地宫，供养佛骨和瞻仰佛骨的事件。这是法门寺历史上第一次启奉佛骨的文字记载。拓跋育曾为魏十二大将军之一，魏恭帝二年降爵为公，出任岐州牧一职。在被削官降级之际，他来到法门寺启奉佛骨，无非是为了寻找一点精神的寄托，请这位慈悲的圣者保佑而已。

这期间还发生了一件看似与法门寺毫无关系的事。

西魏大统七年（541年）的一天深夜，一个女人在同州（陕西大荔县）般若尼寺的一块木板上生下了一个男娃并给他取名为那罗廷，意为“金刚不可坏”。这个男娃一直在般若寺里生活了十三年，后来他成为了大隋王朝的开国皇帝，号为隋文帝，本姓杨，名坚。

因为有了和般若尼寺这一段缘分，隋文帝便理所当然地对佛教有了特殊的感情。据文学家王邵所撰的《舍利感应记》记载，早在隋文帝即位之前，有位印度沙门来到他的住宅，送给他一包佛舍利，请其供养。到了仁寿元年（601年）隋文帝便敕令在天下三十一个州各建舍利塔，以便分藏他供养的那包舍利子。次年再度颁诏，下令增五十个州建立舍利塔以便分藏。

就在全国掀起建塔热潮的同时，仁寿末年（604年），时任右内史的李敏曾专门率人前来法门寺，修缮寺院和宝塔。也就在这次修缮中，李敏等人可能打开了地宫，迎奉佛骨。因法门寺早已有塔，重建自然没有必要，但距它西北二十余里的风泉寺却又兴建了一座舍利塔。在修建此塔的过程中，天空忽然出现祥云，法门寺僧人在观看的同时，将当时的图景画了下来，名曰“陕州瑞相图”，后放到佛堂供养。只是这“瑞相图”不知毁于何时和何人之手，后人不曾相见，只凭流传了。

继隋文帝之后，他的儿子隋炀帝杨广在即位的第一年，即大业元年（605年），又大肆兴造佛寺，并于次年在东都洛阳的上林苑设置译经馆，命高僧彦琮主持其事，征召达摩笈多和众多高僧学士从事佛经翻译，闹得京都内外遍布僧尼，热闹异常，甚至日本岛国也闻风而动，大业三年（607年），摄政的圣德太子派使者小野妹子和沙门僧十余人来中国学法。隋炀帝杨广在其他方面没有继承父业，惟在对待佛门一事上比他的老子有过之而无不及。但就其一生的荒淫无道来看，他的所谓崇佛，也实在具有讽刺意味，连佛祖的在天之灵也感到不安。

◎ 隋代古刹国清寺

尽管如此，由于杨家父子的两代努力，奉佛的热潮还是在表面上由低谷达

◎ 隋炀帝画像

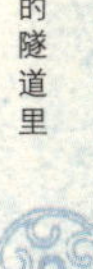

到了一个高峰，随之而来的，是佛教在东土中国进入了一个大红大紫的黄金时代，法门寺也由此走向辉煌。

隋大业十三年（617年），岁逢灾凶，赤地千里，饿殍遍野，而隋炀帝杨广还在率领群臣寻欢作乐，各地反隋热潮空前高涨。在各地反隋义军蜂起的形势下，太原留守李渊听信了儿子李世民的劝告，在太原起兵反隋，并于这年的冬天十一月攻入长安，立代王杨侑为皇帝，改元义宁，自封为“大都督内外诸军事，大丞相，进封唐王”。他实际上成了这个短命小朝廷的真正主人。

义宁二年（618年）春，身为“大丞相”的李渊率部来到扶风一带视察民情，就是这次扶风之行，他来到了法门寺。

这时的法门寺由于战乱而呈荒废状，香火几乎断绝。该寺老僧普贤法师见这位握有实权的“大丞相”到来，连忙奏表，希望朝廷能拨款维持寺院的一切法事和民事活动。

那时的法门寺已改称成实寺，李渊接了奏表后，没有呈傀儡小皇帝阅，独自决定将成实寺又改为法门寺。关于法门寺的名字在这之前几经变迁，只是从李渊开始才正式定名法门寺。虽然后来也曾有过变化，但就这座寺院而言，还是法门寺的名字最为响亮，也最为广泛流传。

李渊和法门寺之间的这一段因缘，对法门寺本身在唐代的存在与发展起到了有利的作用。因为李渊回长安不久，也就是义宁二年五月，就取代隋登上了皇帝的宝座，改年号为唐武德元年了。

武德二年（619年），秦王李世民也来到了法门寺。

李世民的到来，法门寺众僧自是求之不得。在寺院老僧普贤法师的组织下，全体僧众为李世民的到来诵经焚香，大肆颂扬其攻伐征战的英明功德。本来佛门教义的宗旨是反对战争和杀戮，六戒中的首戒便是不杀生，但此时的僧众们却顾不得那么多了，因为李家王朝像耀眼的旭日，已经在东方升起，天下眼看要归属这个家族。

适时李世民刚刚击败了西北另一支起义军，并生擒了敌军首领薛仁杲，正是踌躇满志之时，碰上众僧这般众星捧月，也就顺其自然。一时间整个寺院烟雾缭绕，钟磬的回响伴着僧众们不绝的谀奉承之词，在大殿中不绝于耳。受到如此拥戴，一向不善诗词歌律的李世民竟然诗性大发，挥毫泼墨就来了一首《经破薛举战地》，诗曰：

昔年怀壮气，提戈初壮节。心随朗日高，志与秋霜洁。
移锋惊电起，转战长河决。营碎落星沉，阵卷横云裂。
一挥氛沴静，再举鲸鲵灭。于兹府旧原，属国驻华轩。
沉沙无故迹，减灶有残痕。浪霞穿水静，峰雾抱莲昏。
世途亟流易，人事殊今昔。长想眺前踪，抚躬聊自适。

当李世民在法门寺的风头出足出尽，僧众们早已累得腰酸腿痛并口干舌燥之后，自然是到了坐下来摊牌的时候了。自隋文帝一朝，因法门寺当时不满五十僧众，且有荒废状，便并于京都宝昌寺管辖，成了事实上的一个分寺，寺院事务由宝昌寺住持通管，不设单独的住持，僧众自然也较宝昌寺少得多。

这次僧众们摊牌的底数是，法门寺首先要从宝昌寺中独立出来，实行自治。要独立和自治就得有相当数量的僧众、财力和有自己寺院的住持。

李世民听后欣然照准，并亲自命人找来八十名民间汉子来寺剃度，充作僧人，法门寺算是已超过五十人的大寺而理所当然地独立起来。这里需要说明的是，在唐初政局尚不稳定的情况下，法门寺一次能获准度八十僧，已是件不同寻常的事情。唐初由朝廷下诏度僧的事并不多。到贞观三年（629年）也就是李世民来此寺的十年后，诏天下有寺处得度僧尼总数才三千人，关东各州寺院仅置三十僧。由此可见这位小秦王当时的心境和法门寺的运气。

李世民拍屁股走后，看起来这段因缘已经结束，但事实上却远没有那样简单。法门寺正是由于这个小秦王的到来，才使得它后来声名如日中天，誉满京华，遍及九州。才有了天下寺院无一能与之匹敌的鼎盛，有了至尊至圣、高不可及的历史地位。

随着唐王朝政权的日益巩固和血溅宫廷的"玄武门政变②"，秦王李世民终于坐上了龙椅成了皇帝。他龙袍加身后的第一件重大举动，便是在曾经攻伐征战过的七处重大战场建立佛家寺院。此时的李世民已非当初，他诏设寺院的目的已很明确，是要利用弘扬佛法、崇敬佛

② 玄武门政变：历史上著名的宫廷政变。唐王朝初建时，太子建成、齐王元吉与秦王世民不和。高祖武德九年（626年）六月，世民伏兵于玄武门，趁建成、元吉入朝，杀之。于是立世民为太子，决军国事。八月，太子即位，高祖称太上皇，次年改元贞观。

◎ 唐代莲花方砖

祖的举动来笼络民心，消化反唐势力的斗志，使其安分守己，臣服大唐。同时在客观上既抚慰了殉国者的亡灵，又将自己的战功标榜于世，以不使国殇在“九泉之下尚沧鼎镬，八难之间永缠冰炭”，并“变焰火于青莲，易苦海于甘露”。

不管是真是假，既然皇帝李世民已表达了对佛法的尊崇和厚爱，他下属的官吏当然也要仿效，并且要仿效得更加高明、更加奇特。

为官之道，在于无道。无道便是各自有各自的道，道的来源就靠各自的悟性。这个时候，有一个人顿悟了此道，在讨得李世民欢喜的同时，也有了一个留传后世的机会。此人便是法门寺地宫出土的志文碑上记载的“唐太宗朝刺史张德亮”。

张德亮其人，在大业末年投李密军，隶属李勣。后经房玄龄、李勣等人的引荐，在李世民旗下任秦府车骑将军。玄武门政变前夕，张德亮奉秦王李世民之命，到洛阳统左右王保等千余人，暗中引山东绿林豪杰伺机待变。当政变结束后，登上皇帝大位的李世民授予他为岐州刺史，后予为怀州总督，封长平郡公。再后历任豳、夏、鄜三州都督。至贞观十五年，官拜刑部尚书。

从张德亮这份简单的履历上看，乃是一个平步青云、官运亨通之人。如果他与法门寺事件没有直接关系，至少也可看出这是一个极为聪明之人。

他的聪明在于，太宗贞观五年（631年）二月，时任岐州刺史的他，在得知法门寺被火焚烧（焚烧原因不详，可能是不慎失火被烧）后，立即奏报唐太宗，并获准修补塔寺。

就在这次修补中，他听到了一个“此塔一闭，经三十年一示人，令道俗生善”的传说和“古所谓三十年一开，开则岁谷稔而兵戈息”的传闻。他以“恐开聚众，不敢私开”的理由奏报太宗，请“开剖出舍利以示人”。唐太宗许准。于是这位刺史张德亮便率人打开了地宫，找出了佛舍利。之后的情景，唐僧道世所编的《法苑珠林·敬塔篇》曾作了这样的记载：

既出舍利，遍示道俗。有一盲人，积年目瞑，努眼直视，忽然明净。京邑内外，奔赴塔所，日有数千。

舍利高出，见者不同。或见如玉，白光映彻内外，或见绿色，或见佛形像，或见菩萨、圣僧，或见赤光，或见五色杂光。或有全不见者，问其本末，为一生已来，多造重罪。有善友人教使彻到忏悔。或有烧头炼指，刺血洒地，殷重至诚，遂得见之。种种不同，不可毕录。

唐太宗没有见到舍利。当时的舍利只在法门寺院内供奉展示，并未运到京都长安。只是长安倒有不少人前来观看，并有一百人看后突然复明。插曲的背后还有一些罪恶多端之人，只有烧头炼指，刺血洒地才能看到舍利形状和颜色。至于他们把头颅用烈火烧烤一顿之后，看到的舍利是什么形状、什么颜色，文中没有提及。但不难想象的是，除了一片漆黑便是一片残白，因为他们的大脑神经已被烈火烧焦，剩下的恐怕只有麻木的肉身了。

以上记载是否属于实情，在佛指舍利已经出土的今天，自然要打问号。毋庸置疑的是当时的热闹场景。

张德亮挖出的舍利何时放回了地宫，他本人和唐太宗都作何感想，历史上未见记载。但不管这张德亮是从哪里听来的传说，是不是真有这个传说，是他听到的还是无中生有编造的，不得而知。反正张德亮的这一折腾，便有了法门寺地宫三十年一开的规矩，以及日后大唐王朝六次浩浩荡荡迎奉佛骨的故事。

◎ 玄奘法师

大唐七帝地宫迎佛骨

唐太宗死后，太子李治登上了皇帝的宝座，是为高宗。

早在高宗皇帝为太子时，就对西天取经的旷世名僧玄奘十分敬重，并曾著文对玄奘的人生经历和功业表达了称颂赞美之情。

永徽三年（652年）三月，登基不久的唐高宗在京师长安的慈恩寺西院造起大雁塔，用以保存玄奘从印度取回的佛教经典。

显庆元年（656年），应玄奘法师之奏请，唐高宗欣然撰写了《慈恩寺碑》，并亲临安福门，观看玄奘迎接御赐碑文的盛大仪式。奉迎队伍以天竺法仪幢幡为先导，车骑千余乘，浩浩荡荡，前后延至三十余里，长安城百姓、官宦纷纷前来观望，人数多达百万以上。

麟德元年（664年），玄奘病亡。唐高宗用金棺银椁藏其骨灰，在长安周围五百里内，有一百多万人前来送葬，三万多人结庐于墓旁守教安灵。而此时的高宗更是哀恸感伤，喟叹："朕失国宝！"痛感"释众梁摧矣，四生无导矣！何异于苦海方阔，舟楫遽沉；暗室犹昏，灯炬斯掩”。由此可见这位高宗皇帝对佛法的看重。

就在旷世高僧玄奘仙逝的前五年，即显庆四年（659年）九月，高宗便和法门寺联系在一起，并开创了开启地宫、迎佛骨到皇宫供奉的先河。这便是后来法门寺地宫出土的《志文》碑所载的“高宗延之于洛邑”的事件。

根据《法苑珠林·敬塔篇》记载，事件的具体经过如下：

显庆四年九月，以破译咒术闻名的山僧智琮、弘静应召入朝，拜见高宗。在谈话中，两僧提到了法门寺，说法门寺年代久远，声名渐长，需要好好地弘扬和爱护。并提请皇帝：“古老传云，三十年一度（佛骨）出，前贞观初年已曾出现，大有感应，今期已满，请更出之。”结果获得批准。

帝曰：“能得舍利，深是善因。可前至塔所，七日行道，祈请有瑞，乃可开发。”

（高宗）即给钱五千贯，绢五千匹，以充供养。琮与给使王长信等十月五日从京旦发，六日通夜方到。

琮即入塔内，专精苦到，行道久之，未验。至十日三更，乃臂上安炭火烧香，懔厉专注，曾无异想。

这段记载不难读懂，无非是说王长信等人受皇帝之命来法门寺迎请佛骨。有些让人感到惊异的是，僧人智琮竟把烧香的炭火放在手臂上，以示对佛的敬重和崇拜。而这种崇拜和虔诚，终于引发了一段神秘得近似荒唐的事件。

至午夜三更，忽闻塔内像下振裂之声。寻声往观，乃见瑞光流溢，霏霏上涌。塔内三像足下各放光明，赤白绿色旋绕而上至于衡角（屋梁），合成帐盖。

琮大喜，踊跃欲召僧看，乃睹塔内，侧塞僧徒，合掌而立，谓是同寺。

须臾既久，光盖渐歇，冉冉而下，去地三尺不见。群僧方知圣隐。

中使王长信等同睹瑞相，流辉遍满，赫奕澜漫，若有旋转，久方设尽。及旦看之，获舍利一枚，殊大于粒，光明鲜

洁，更细寻视，又获七粒。总置盘内，一枚独转绕，余七粒各放光明，炫耀人目。琮等以所感瑞，具状上闻。

敕使常侍王君德等送绢三千匹，令造朕等身阿育王像，余者修补故塔。仍以像在塔内，可即开发，出佛舍利以流福慧……初开舍利，二十余人同共下凿。

及获舍利，诸人并见，惟一人不见。其人懊恼自拔头发，极力邀请。乃置舍利于掌，虽觉其重，不见如初。

由是诸人恐不见骨，不敢睹光。寺东云龙坊人，敕使未至前数日，望寺塔上有赤色光周照远近，或见如虹，直上至天，或见光照寺城，丹赤如昼……

以上记载了智琮等僧众和部分官僚打开地宫，并找到佛骨舍利的故事。因为舍利既出，所以整个天空大地祥兆瑞景就争相出现。需要指出的是，自从佛入东土甚至在佛未入东土而自身处于生灭之时，关于天空大地出现瑞兆的记载，就见于后人撰写的史籍中，尽管这瑞兆各异，但相差总是不大。惟关于对大唐王朝与法门寺发生联系的一系列记载，除了这些之外，总是在短短的文章中夹杂着一个或几个颇为幽默、令人发笑的故事。你看在这次挖掘地宫找到舍利后，大家都看到了，惟一个人看不到，他便在懊恼羞愧中自拔头发，极力邀请。但当有人将舍利放到他的手掌之上时，他虽感觉到其物的重量，可惜仍视而不见其真面貌。

据此可以推论，这个人肯定不是僧人而是由朝廷派来的差役。因为僧人是不留头发的，既然没有头发，就不存在拔的问题。就当时的情形而言，一般普通老百姓没有资格进入地宫，所以断定他是由朝廷派来的。

◎ 地宫前室放置的部分文物

接着往下看：

至显庆五年春，三月，下敕请舍利往东都入大内供养。时西域又献佛束项骨至京师，又追京师，……僧七人往东都入内行道。

敕以舍利出示行道僧曰：此佛真身，僧等可顶戴供养，经一宿还收入内。

皇后舍寝衣帐，准价千匹绢，为舍利造金棺银椁，雕镂穷奇。

这段记载是说唐高宗在得知法门寺佛骨舍利被挖出后，即下令运到东都洛阳的皇宫中供奉起来。所谓的“内”即大内皇宫。早在东晋时代，宫廷之内就建立了举行法事活动的地方，晋时称精舍，隋之后称内道场。隋炀帝时曾有在内道场汇集佛道经典编撰目录，至唐代已大规模地发展了内道场制度，而其全盛时期则是在中、晚唐以后。

唐高宗首次诏令将佛骨舍利迎入东都洛阳内道场供养，自然引起朝廷上下的震动，几乎所有的皇亲国戚、臣僚妃嫔纷纷出资捐物，前来施舍供奉，京城内外一片欢腾的景象。

佛骨舍利在皇宫历经三年的奉迎、礼拜，终于在唐高宗龙朔二年（662年）送还法门寺。这年的二月十五日，由京师派来的诸僧与臣僚，会同法门寺僧众打开了塔下的地宫，将佛骨藏于其中。

就在佛骨送还的时候，唐高宗赐绢一千五百匹，诏令惠恭、意方等禅师办理法门寺重修事宜，以示皇恩浩荡和皇帝本人对佛的崇敬之情。

当佛骨入地宫后，惠恭等僧人便四处征集材料和能工巧匠，开始了“不日不夜，载营载葺，庄严轮奂，制置殊丽。危槛对植，曲房分起，栾栌斗拱，枕而盘郁”的大修复。法门寺在这次重修中，更加辉煌壮丽，气势非凡，并具有了典型的皇家寺院气魄和格局——这时的法门寺已形成了二十四院并存的浩大规模……

继唐高宗之后，大唐历史上先后有武则天、肃宗、德宗、宪宗、懿宗到法门寺迎奉过佛骨，志文碑同时记载了中宗、代宗、僖宗三代到法门寺送佛骨或下诏修复的事件。当然也有武宗灭佛的事件。志文碑的发现像一盏明灯，照亮了大唐历史，同时也揭示了地宫的一段波折岁月。

玄宫内落石伤人

◎ 地宫第二道石门全景

发掘仍在继续。隧道尽头两块石碑的后面，又出现了一副双扇石门。门的结构与隧道门稍有不同，门框只用了两块石材，门槛除西半部用长约0.3米的石条外，其余部分用一整块大方石料加工而成，上面有四个门臼窝。两扇门高0.9米，宽0.42米，厚0.1米，门槛宽0.21米，高0.2（内侧）至0.4（外侧）米。这些看似繁琐的数字，浸透着现场考古队员的汗水。

登记、丈量完门扇门槛，他们才发现，门和门框泛着一层白光。贴近眼前一看，方晓得在两侧门框的正面，有阴刻的坐佛像。这佛像均结跏趺坐，有背光与顶光③，线条简洁，构图明朗。东侧三行六排共十八尊佛像，中间一行的佛像边上有刻文，现场发掘组推断，这刻文都是人名，有“杜从真”、“从谏”、“从昶”、“从礼”及“任士良”等等。由每一尊造像旁仅一个人名来看，这些人大都是当时的大德居士、对佛事有功者。西侧三行十三排共三十九尊坐佛像，个别佛像因石头碎裂脱落而损坏或不复存在，已很难辨出佛像优美丰腴的风骨。

就在门框的两个内侧面，均有一尊“天王力士”像，他们神态威勇，颇有一股不可战胜的护法气势。两扇门上各有一线刻“菩萨”像，线条镂刻流畅。这两尊菩萨的存在，显然打破了第一道门只涂黑漆的格局。而也只有到现在，人们才恍然悟知，第一道门上的黑漆，原是有意地赋予了哀悼念怀佛祖之意。菩萨造型看似相同却又不同，充分显露隋唐壁画人物丰腴饱满的特点，生动可人，逼真传神，风采飘逸。他们的足下，各踩一团升腾的莲云，瑞气流溢。左边的一位手扬拂尘，拂尘扬处，人间的一切妖魔鬼蜮，似无处逃遁，只等伏地被擒。右边的一位双臂交叉，叠摞胸前，手拈一樽斜倾的净水圣瓶，似要收尽作孽恶人。左边的凝目浩渺长空，天庭也显缩微，右边的秀目半启，俯视浩浩人间。

由于第二道门位于整个塔的中间位置，塔的重力大部分作用于门的部位和里面4米见方的隧道顶部，所以，门的顶部已有两处断开。打开第二道门，里面室内结构仍然大体与隧道相同，只是隧洞不堪宝塔压力作用，破坏严重。两壁上的青石板错位现象很普遍，甚至一些石板被压挤成了碎石状。

随着第二道门的打开，现场除了考古队员以外，数名佛门代表、官员的情绪都达到了难以形容的顶点。

考古组仍然决定动用民工。于是，十名身强力壮的民工被招来。他们凭着一股好似冥冥中神力相助的憨猛，肩扛臂抱，硬是先将两扇石门抬上地面。

③ 背光与顶光：背光，古代佛像背面所饰的火焰纹，是佛教中佛法的象征。顶光，又称首光，佛像头后所饰的圆形光圈，原来只画一条线，后来以几层花纹来处理，极庄严美丽。

就在这时，佛门僧众或现场官员，都意欲先睹里面究竟，感情一时无法控制，争相要下去。现居法门寺院的李子重，这位身兼宝鸡市、扶风县佛教协会秘书长的大居士，即为争睹佛容跳下坑道者之一。人们现在似乎可以理解当时他硬要下去看的心情，他不顾学生韩金科的劝阻，不顾年岁已大，硬是随几个人下到隧洞门前，想把自己的冲动变为对佛的仰拜。

李子重居士刚下去，与其他几人挤着探头朝里面看，他们都惊呆了：里面全是山一样叠摞在一起的码放整齐的丝绸、丝织品，镶金带银嵌圭挂珠的丝绸织物，比起空余地面铺满的铜钱来说，更是人们注意的焦点，引起一片骚动。就在他们情绪激昂的当头，不想从门楣落下一块碎石，正好砸中李子重右额角，顿时血流如注，模糊了这位善良和善的老居士的双眼，他在颤抖中被人抬了上去。

◎ 绛红罗地蹙金绣案裙

流血事件的出现，使现场的人们心中产生了不小的悸动。

考古队员们心里不是没有想法，只是职业的严肃性要求他们要更加仔细认真地处理好眼前的每一件文物。说真切一点，一些非专职考古人员离开了现场后，正好使考古队员们感到没了拥挤和紧张的气氛。他们全神贯注放开手脚去履行自己的职责。

于是省地县三级考古队员继续探寻。地面，有专门从事摄影工作的王保平扛着摄像机全程拍摄。大家身穿韩金科设计制作的那种全身无口袋、桶状、扣子在身后的工作服，清一色颇有股专门作业的味道。

队员们发现，铺地石是南北向两行，由于年代久远，已经互相拱起。

考古学家石兴邦先生现场判断，这石门开处的第二个四面用大理石砌成的长长隧道，为塔基地宫的前室。只见这前室东壁的上面，留有数处题名结衔的题刻，如“内弓箭使左衔上将军刘从实”等等。

往前室深处一看，发现一堆又一堆码叠垒摞整齐的丝织品，以及石函、蹀躞十事[④]、白瓷瓶，还有一铜质锡杖，甚为罕见。这锡杖是鎏金单轮六环，显系哪位大德高僧之宝物。锡杖由轮首、执手、杖樽三部分组成，原与木杖套接，木杖已朽坏，总长度不明。看那桃形轮杖上端的两侧，各套三枚锡环，一量，锡环直径均为117毫米。桃形轮及圆环剖面均呈菱形，轮顶饰有智慧珠，锡杖大部分已由于潮湿等原因出现了绿绿的铜锈。锡杖执手为八棱形，杖末端为圆球形。轮高310毫米，宽270毫米，执手长317毫米，直径22毫米，杖樽长312毫米。

特别引人注目的倒不是镇守室后两角的一对汉白玉雕金毛狮子，而是前室的主体中心，即汉白玉浮雕彩绘阿育王塔。它置于石室的后部中央，也称为四铺菩萨阿育王塔，主要是因为它的四面都刻有两尊端庄秀丽的菩萨像。这塔由塔刹、塔盖、塔身、塔座四部分组成。塔刹

④ 蹀躞十事：蹀躞，腰带间以环佩挂各种随身应用的物品，本为胡人马上生活之服饰，魏晋以后传入中国，唐代时大为盛行。

◎ 石刻护法金毛狮

即塔顶，为铜铸的葫芦状，安置于塔盖的中心位置。塔盖则为九层棱台，由上而下逐渐变大，每边刻如意云头二方连续图案一周。枭混为三棱台，由外向里收缩，格局造型逼真自然，精美无比。塔身为四面，四角有立柱。每面中心设门，门有四排乳钉，每排六枚。门设司前，有锁。门扉两侧各有菩萨一尊，共计有八名胁侍守护佛的舍利。塔座为须弥座[5]，每面束腰出金刚力士面首三，共计十二名力士，座的棱台边沿，都刻流云纹。从雕刻手法看，这尊塔是属于盛唐时期建造的，而在咸通年间置于法门寺地宫前，显然进行了重新装绘，从其三出团花即可窥出其时代特征来。塔高785毫米，大家都为此阿育王塔叫绝、赞叹之余，又对其内部是否藏有罕见的稀世宝物议论纷纷。石兴邦作出决定，眼下没有工夫打开它看个究竟，只有整个发掘完成后，再专门打开。

这阿育王塔十分沉重，一时却弄得众人束手无策，不知怎样才能将它搬出。室内窄，若以人抬是转不过身的。这些考古队员，虽然常年奋战在野外，但到底是知识分子，身子骨孱弱乏力，而这精美的阿育王塔更是一点儿也容不得粗手抬撬，否则磕碰损坏一点儿棱角，也是巨大的损失。在这种情况下，默不作声的韩金科发话了：“我倒有一个办法。”

说罢，他自踏步漫道走上地面，说他去去就来。几分钟后，只见他带来一名脸庞黑里透红的壮汉。大家一抬头，

◎ 汉白玉浮雕绘彩阿育王塔(局部)

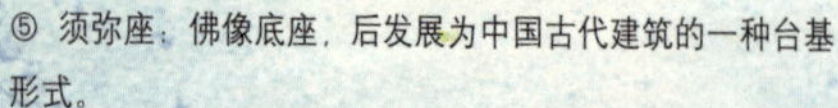

⑤ 须弥座：佛像底座，后发展为中国古代建筑的一种台基形式。

见是法门镇宝塔大队书记、西坡生产队队长党林生。韩金科当着众人的面，向党林生发话：“林生，你是周原汉子的代表，只有你可以将它取出来，也是咱周原父老对这次考古的一个大力支持。抬此宝塔，怕有闪失，只能抱上来，你下吧！”

这貌似简单的几句，像一个无限迫切而庄重的期待，又似在为周原父老争脸面，党林生顿觉脸部热辣辣的。他猛吸一口气，没说二话，再看一眼自己的老上级韩金科，四十多岁的他走向地宫边，直接跳了下去。

人们都屏气凝神地看着党林生。只见他来到前室后部的汉白玉浮雕彩绘阿育王塔前，一捋挽袖子，身子一蹲，双手腕力一运，抠入宝塔底部的泥土中，硬生生将整个宝塔抱于胸前，连塔下的泥土也抠出两个窝窝。

党林生一脚一脚挪向踏步漫道，一步一步地登上了地面，大家方见他额头沁出几颗黑亮的汗珠。令众人注目的白玉宝塔被完整无损地搬出地宫，大家才稍稍舒了一口气。

以下的工作是清整钱币、丝绸，还有白玉宝塔后两侧角落的彩绘金毛双狮。

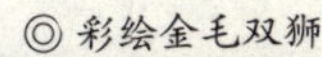

◎ 彩绘金毛双狮

彩绘金毛双狮，是韩伟这位比较精通唐代文物的中年考古工作者给起的名字。这对狮，呈后蹲姿态，为汉白玉圆石雕成，阔口大张，鬃毛鬈曲，呈决斗时姿态，铜铃般的巨目虎视眈眈直逼前方，通体施黄、绿、黑三彩，高为59.3厘米。它们非常像护卫阿育王塔的神兽，给人以英武狂野的感觉。

钱币清理完后，开始给丝织品编号、计数、度量等等。聪明的考古队员们，此时想到了按图索骥，物账碑不是

◎ 绛红罗地蹙金绣拜垫

记载着唐懿宗、僖宗、惠安皇太后等供奉给佛祖的各类丝织品，数量多达七百多件吗？

堆积码放得形似两座小山的纺织物，由于地宫封闭条件和年代太久的限制，许多已碳化朽败，仅存残迹，丝绸织物也表层粉化。严重一点的，已成了灰烬和结成块状。只有堆积叠压在底部的丝绸，色彩花纹保存完好，艳丽如初。考古队员根据物账碑所言："惠安皇太后及昭仪、晋国夫人衣计七副，红罗裙衣二副，各五事，夹缬下盖二副，各三事，已上惠安太后施。裙衣一副四事，昭仪施。衣二副八事，晋国夫人施。"大家确定着哪一件为武则天的施裙。他们发现，"唐代是我国丝绸织物工艺发展的繁荣时期"这一结论，在眼前得到了充分证实。眼前的丝织品囊括了唐代丝织工艺的所有品类，经石兴邦等人初步判定，有绫、罗、绢、锦、绣、印花贴金、描金、捻金、织金等。

◎ 绛红罗地蹙金绣袈裟(右页)

4

「地宫奇物」

奇珍又至

◎ 地宫第三道石门全景

在前室所有珍贵文物——按严格的考古程序清理出地宫后，考古队员们又发现，在紧接前室的最后面，又赫然出现一道石门。

这道门中部有门环，环上挂一铁锁，铁锁已经朽坏。两扇门上分别浮雕出一位天王和力士，施以彩绘。东边一扇门上是手执巨斧的大力士，可惜由于时代久远，身彩大部分脱落，仅余头部。西边一扇门上是右手握剑、左手托塔的天王，脚下踩一小鬼，形象逼真传神。

打开这两扇石门，室内又是一个珍宝世界。考古学家韩伟当场定名它为中室。队员们自然为眼前的发现而激动不已，他们发现这中室室内结构与前室大致相同。由于此室居内，所以，大自然的破坏相对小一些。

最令考古队员们吃惊的是，就在这中室的中间位置竖立着一尊白如莹雪的汉白玉四棱塔状雕刻物。将它与前室的阿育王塔一对比，显然制作得更加精美细腻，体态也大得多。在它的前面正中位置，有一鎏金铜熏炉。汉白玉灵帐架在四棱形塔的上面，灵帐上披有三领金袈裟，与地宫前室武则天的金袈裟质地没有多大区别，件件金光闪闪，使人叹为观止。金袈裟边上，放有一双光彩照人的金鞋。

◎ 地宫中室置放的汉白玉灵帐、铜熏炉、金袈裟（上）
◎ 鎏金双凤纹银棺（下）

金宪镛、王保平等做过记录后，十名经过精心挑选的身板结实的民工，手把手、肩摩肩，齐心协力将汉白玉石灵帐抬出地宫。考古队员们进一步往里发掘。这时，他们又发现一个奇迹：在汉白玉石灵帐后的正中靠北壁处，放有一大型银风炉。韩伟一口咬定，这风炉为壶门[①]圈足座银风炉，它系钣金成型，分作炉盖和炉身两部分。这具风炉无论是从制作的精细程度，还是从体态的魁伟上来讲，均是不太多见的，文物价值更是弥足珍贵。

在这具风炉的正前方，有三具金银棱檀香圆盒形木

① 壶门：隋、唐时期盛行的装饰性拱门。

◎ 银棱金银团花和秘色瓷碗(上)
◎ 八棱秘色瓷净水瓶(中)
◎ 五瓣葵口秘色瓷盘(下)

箱，打开箱子，其中两个箱子里面装着一模一样的鎏金双凤纹银椁。这两个银椁均系钣金成型，纹饰鎏金。椁盖为半弧形，前部錾饰莲台形华盖，其下有花结形绶带；中部以横列如意云头为栏界，其内錾双凤衔绶带；内壁两端焊有凸棱台，刚好与椁体扣合。椁体前挡宽高，錾一假门，门扇上錾饰出铁锁和三排金钉；门上部有梯形楣额，下部饰以流云，两侧各侍立一脚踏莲花的菩萨。椁体两侧的前部，各錾一金刚力士，后挡錾出两只蹲狮。椁座与椁体焊接，中空，四侧壁均錾饰出火焰形壶门。

在另一具檀香木箱内，满装着世间罕见的唐代最有名的宫廷瓷器——秘色瓷。有碗、盘、碟，共计十五件，正是《监送真身使随真身供养道具及金银宝器衣物账》中所指明的。在箱里，还有一秘瓷八棱净水瓶。这净水瓶，不由人想起《西游记》中观音菩萨手持的那个专收妖孽、普度众生的净水瓶。这净水瓶小直口，圆唇，细长颈，浅圈足。颈底部饰三周弦纹，肩腹部有八条竖向凸棱。通体青绿色釉，釉层薄而均匀，瓶口内壁开细碎冰裂纹。箱中的秘瓷碗，共五件，都为侈口。其中三件为平折沿，尖唇，腹壁斜收，平底内凹，胎较厚，通体施青绿色釉，釉层均匀，光洁莹润。碗外壁留有仕女图包装纸的痕迹，底外壁有一周烧痕，高6.8厘米，口径22.4厘米，沿宽10厘米，底径9.5厘米。另两件则是一对，口沿五曲，腹壁斜收，曲口以下有凸棱，平底、圈足，胎较前边三件薄一些，通体均施青灰色釉，均匀凝润，外壁也留有仕女图包装纸的印痕，高9.4厘米，口径21.4厘米，腹深7厘米，足高2.1厘米，足径9.9厘米。再往外取，发现六件秘色瓷盘。这六件分三双，有敞口的，有侈口的，有口沿呈五曲花瓣形的，有折沿五曲的，有通体施青黄色釉的，有通体施青灰色釉的，釉色都均匀凝润，细

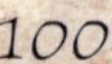

腻可人。还有一点相同，就是六件瓷盘底部外壁都有火烧的痕迹。自箱中最后取出的是两件平脱银扣秘瓷碗，亦为不可多得的珍品。

除秘色瓷器外，还同时出土了两件白瓷碗和一件白瓷瓶。

当代瓷器工艺专家李知宴先生等曾专门撰文，针对法门寺出土的青瓷，尤其是秘色瓷，考证说这是煅烧工艺走向成熟的标志。从每一件出土的瓷器看，都有端庄规矩、线条优美的特点。器物的口、腹、底各部位以至瓶腹的突棱全做得一丝不苟。线条的长短盘曲，处理得大方得体，胎体的厚薄也都安排得与使用功能紧密协调，没有一点生烧或过烧现象。这说明当时工匠已可熟练掌握成型工艺。从火烧所留下的小垫饼痕处看，浅灰色胎细腻致密，胎体颗粒均匀纯净，没有当时其他窑烧制瓷胎上多见的杂色和粗大颗粒，也没有窑裂、断裂和起泡现象。说明瓷土原料的开采、捣碎、淘洗都很精细。生产釉色上好的青瓷需在烧制后期控制窑内的还原气氛，使胎、釉原料中的氧化铁还原为氧化亚铁，赋予瓷器以青绿颜色。假若工匠技术不全面，火候掌握不当，还原气氛控制不好，或者烟尘污染釉面，釉面就将出现杂色，失去当然的美感效果。法门寺出土的青绿釉秘色瓷就是在微妙的还原焰中烧成的，烧造时窑内气氛显然掌握得恰到好处，这不能不说是越窑这项独有的青瓷烧造技术的最高体现。

这些越窑秘色瓷的出现，还解决了长期以来存在于考古界和工艺陶瓷界之间不同程序的争议。以往有关秘色瓷的讨论，仅限于文献资料，而文献资料的记载又众说不一，使得研究的证据不足。而现在这大量的秘色瓷出现，并配合物账碑文字所记载，可谓名实相副，使得这一问题终于真相大白于天下。而结合以前的考古发现，可以作出判断，秘色瓷的始烧年代只能在唐朝，或者更确切一些，可说是在晚唐。我们终于可以理直气壮地高呼一声，法门寺使中国瓷器史显出了它最为光辉灿烂的一页！

菩萨捧真身

就在壶门圈足座银风炉的两旁，各立一持剑护法天王，周围仍然有一堆丝绸。此刻，人们在吃惊之余，发现了精美的风炉和天王前方，尚有一尊双手捧着一片荷叶的鎏金银的菩萨，面容慈祥无比。大家为这美妙的造型惊呆了。

为什么菩萨双手要捧荷叶，这个问题是不难解释的。因为在佛教经典上，佛是荷花的化身，那么荷叶自然就成了佛的体貌身型。所以，菩萨双手其实捧的不是我们普通的荷叶，而是佛灵的象征。

只见那尊菩萨，高卷发髻，头戴花蔓一样的宝冠，上身袒露，斜披帛巾，双臂饰有金剑，双手捧着荷叶，上置錾刻发愿文的镀金银匾，荷叶边向上微微翻卷，恰好似一盘子。菩萨下身穿一羊肠大裙，双腿左屈右跪于莲花台上。通身装饰珍珠璎珞[2]，金光耀眼，在头上的花鬘冠边缘，串饰有珍珠，冠中有一尊佛。

◎ 鎏金捧真身银菩萨

菩萨手捧的荷叶上放的金匾呈长方形，缀有匾栏，长11.2厘米，宽8.4厘米。栏上贴饰十六朵宝相花，衬

◎ 鎏金银龟盒

以蔓草，内饰联珠纹一周。匾上錾文依稀可辨，共六十五字、十一行：

奉为睿文英武明德至仁大圣广孝皇帝，敬造捧真身菩萨永为供养。伏愿圣寿万春，圣枝万叶，八荒来服，四海无波。咸通十二年辛卯岁十一月十四日皇帝延（诞）庆日记。

由此錾文可以判断，此乃专为供奉佛指舍利而制，祷祝懿宗天下太平。就在金匾的两侧，以销钉套环，与护板相连。这护板呈长方形，长6.6厘米，宽3.5厘米，边沿饰有一周几何纹样的草叶，内外缘各饰联珠纹一周。

这尊菩萨通体身高38.5厘米，重1926克。综观全像，菩萨与像座构成了一个完整的曼荼罗[3]。

对于这尊捧真身菩萨像座上的多种式样的菩萨和天神像，当代学者晁华山曾撰文指出，印度佛教密宗高僧金刚智、不空和善无畏三人曾先后在8世纪初来到中国长安，带来了密宗信仰。在捧真身菩萨像座上的多面多臂像，极有可能是依据新传入的密宗典籍刻造的，他认为，9世纪时的长安佛教仍与印度佛教保持着联系。

考古队员们小心慎重地仔细清理完这一件件弥足珍贵的、价值连城的文物，正要舒展一下腰背手足的时候，又发现中室的后壁上出现一道石门。

◎ 银碟

◎ 银方盒

◎ 五足银熏炉

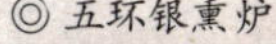
◎ 五环银熏炉

② 璎珞：以线缕珠宝串结成的饰物，常见于佛、菩萨的颈项间。

③ 曼荼罗：佛教名词，又作曼陀罗、慢怛罗、曼拿罗，简称曼荼或曼拿，即坛场、道场。

◎ 武则天蹙金绣裙(局部)

感慨金银

◎ 御赐银方盒

这一道石门是整个发掘过程中的第四道门。这道门最显著的特点是没有锁。队员们便轻而易举地推开了这雕有门神天王的石门。

随着石门的推开，大家被眼前辉映着珠光宝气的庞大的文物群激动得热泪盈眶。这眼前的神奇景观，无疑是大唐帝国皇室精美物品的聚集地。小到生活用具，大到工艺玩物，应有尽有，一派富丽奢华的金银世界。

这满满一室金银器，比之前面已发掘出的三室文物，更独具特色。而且，质地之精巧，数量之众多，均是前面几个洞室里发掘的金银器物无法相比的。在这种类繁多、规模巨大的珍宝库，考古工作者似乎看到了有唐一代七次大规模迎奉佛骨的隆重场面。他们感慨上至皇权独握的帝王、下到王侯乃至普通百姓对佛的虔诚。同时，他们也看到了唐代社会经济繁荣、科学技术等各方面遥居世界各国之首，“古今焜耀，中外归依”那灿若星辰的恢宏气势。

虽然后室内的器物看似散乱随意放置的，但是，考古专家们还是作出了“这大批的遗物以八重宝函为中心分布”的结论。因为后室的器物在专家们看来是按佛教密宗图释的格局放置的，共两层。八重宝函置放于后室北部的墁地石板上，函顶盖上放着一尊鎏金菩萨像，宝函两侧是在有条不紊的条件下进行的。队员们虽震惊、赞叹，但为了细致入微、不差毫厘地将每一件珍宝收记，他们的心遂于一次次冲动中平静下来，工作紧张而严谨。

一切的器物都是围绕着八重宝函放置的。根据物账碑记文，这八重宝函无疑是佛灵骨珍藏器（后来打开被证实）。其实，从其他器物的分布上，也可以看出极力烘托八重宝函之规模布局的用意。这一点，不论是石兴邦、韩伟、韩金科还是冯宗游，心里自然是有数的。

由于当时发掘工作紧张，所以现场根本没有时间去打开八重宝函，只将八重宝函清理运往扶风县博物馆保护起来。其他珍宝，也一件一件被清理、登记、现场保护。宝物真是堆积如山，有迎真身银金花双轮十二环锡杖、鎏金三钴杵纹银阏伽瓶、鎏金鸳鸯团花纹双耳圈足银盆、鎏金鸿雁纹壶门座五环银香炉、鎏金壶门圈足座波罗子、檀香木金山、素面银如意、鎏金人物画银坛子、鎏金菩萨像、素面圈足银灯、鎏金圈足银水碗、单轮十二环金锡杖、素面盝顶银函（外用丝绸包裹）、水晶枕、银芙蕖等等，应有尽有。显示出中国古代无论是科技还是文化艺术在当时世界上所处的无与伦比的领先地位。

◎ 鎏金团花银盆

◎ 鎏金双鸳团花银盆俯视(右页)

在后室内大量摆放的金银铜器，最引人注目的是惟一的一件鎏金鸳鸯团花纹双耳圈足银盆。该器为浇铸成型，纹饰鎏金，侈口，圆唇，斜腹下收，矮圈足，四曲口缘的内外均錾饰一周简化的莲瓣纹。盆底外壁錾有“浙西”两字。盆高14.5厘米，口径46厘米，足高2.5厘米，足径28.5厘米，重6265克。根据“浙西”两字，石兴邦判断，这显然是晚唐浙西道（治所在今江苏镇江市）献于皇室的宝物，懿宗把它又献给了佛祖。这具银盆，足以说明晚唐江南地区金银器手工艺在全国处于很重要的地位。它是我国迄今所见唐代金银器皿中最大最重的珍品。

正是这件使在场发掘者惊叹不已的精美鎏金银盆，在六年后的1993年6月，轰动了国际奥委会总部所在地瑞士洛桑城。当时法门寺博物馆馆长韩金科携带着它，作为和平使者前往洛桑体育城博物馆进行文物展览，同行的其他八件文物诸

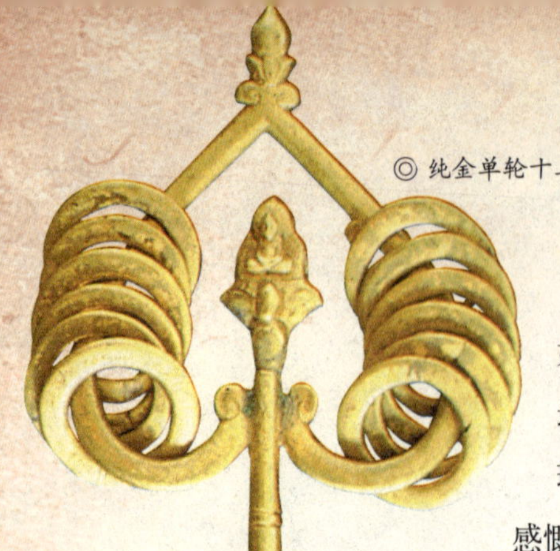
◎ 纯金单轮十二环锡杖

如鹰鼎、金镂玉衣、兵马俑、清乾隆皇袍等，均是中国最高等级的文物。鎏金银盆是以唐文化代表的身份前往瑞士的，韩金科作为法门寺博物馆的负责人，心情自然感慨万千，激动不已。

最引人惊叹的，当数迎真身银金花四轮十二环锡杖。由于种种原因，长期以来，日本正仓院所藏白铜头六环锡杖，号称世界锡杖之王，大和民族的佛门弟子们也引以为荣，并有了佛教是日本传入中国的妄言。而地宫后室这件迎真身银金花四轮十二环锡杖的出土，就有了十分特殊和极其重要的意义，它以无可辩驳的事实，击碎了日本人夜郎自大的迷梦。这件锡杖，相传为释迦牟尼的大弟子监制。但从碑文记载看，则为懿宗下旨“文思院”所造。据石兴邦的见解：以“实物为证”，即为“文思院”所造。只见这件锡杖高196厘米，由五十八两白银、二两黄金雕铸而成。杖首有垂直相交银丝盘屈的两个桃形外轮，轮顶为仰莲束腰座，上托智慧珠一颗。外轮每面各套雕花金环三枚，共十二枚。整体造型雍容华贵，制作精绝。显然，无论从哪方面看，都比日本正仓院150厘米高的白铜头锡杖要高出许多个等级，其形制和在佛教界至高无上的地位，是世界上任何一件锡杖都不能望其项背的，这是当今世界规格最高的礼佛事佛之珍品。

与迎真身银金花十二环锡杖同时发掘出的另一件纯金双轮十二环锡杖，更是精巧绝伦。这件锡杖通体用纯金制成，杖杆为圆柱形，顶部有桃形轮杖首。轮心之杖端，为跏趺坐于莲座上的坐佛，有背光，杖樽为宝珠形，轮顶为仰莲座智慧珠，轮侧各套有直径2.2厘米、厚0.2厘米的六枚锡环，通长27.6厘米，杖杆长25厘米，最大直径0.6厘米，总重221克。这件锡杖是以它的纯金制作工艺的精妙而取胜，同样赢得人们的赞叹。

在将素面银香案、银食箸、藻井垂饰、银则、银羹碗子碗盏等一一登记后，发掘仍在继续，时间已到了傍晚。紧张的发掘工作使考古

◎ 鎏金鸿雁纹镂孔银香囊

队员们极为疲劳。但是，为了赶进度，更为了将地宫的秘密早日公诸于众，他们无暇休息，必须连续作战。对法门镇再熟悉不过的韩金科、淮建邦等人及时调来了电工，接拉电线，安上照明设备，队员们开始挑灯夜战。

就在这个时候，年轻有为、善于思考的曹纬，发出一声疑问："不知这件绛黄色绫带包裹的是什么东西？"人们随着他的手指处发现，有一绛黄色绫带，封系着一个正四棱柱形的东西，近前打开一看，原来里面包裹着又一个重要文物——素面盝顶银宝函。只见它半钣金成型，外壁发出闪闪白雪光亮。盒体方正，盖作盝顶。从盖与身以铰链相连、司前有锁匙以备开合上看，意味深远，大家心里霎时庄重起来。一量这件通体素净的宝函，通高 19.3 厘米，口径长宽 17.5 厘米，函体长宽 18.4 厘米，盝顶面长宽 13.25 厘米。一称，重 1999 克，后来发现里边藏有佛骨一枚。

随着发掘工作的深入，一件件珍宝的神秘面纱一点点被揭示开来。一对大小不一的香囊，出现在考古队员眼前。这枚香囊，是迄今为止中国发现的最大的唐代熏球。盂内香料不会洒出，充分显示我国古代运用平衡原理制作熏球的工艺水平是多么不可思议，这种技术的发明，远远早于欧美近代航海航空使用的陀螺仪原理。

地宫茶具与“佛茶”

在出土的金银器中，有一套完整无损的茶具分外引人瞩目。

这套完整的茶具除物账碑所载的“茶槽子、碾子、茶罗子、匙子一副七事共重八十两……琉璃钵子一枚，琉璃茶碗托子一副”外，还有长柄银勺、银则、银龟、菱弧形银方盒、盘圆座银盐台等，这些无疑都是茶器的组成部分。而秘色瓷器中的小碟子、琉璃器中的盘子，都可视为茶道过程中的佐食用具。从茶罗子、碾子、轴等本身錾文看，这些器物于咸通九年至十二年制成。同时，鎏金飞鸿纹银则、长柄勺、茶罗子上还有器成后以硬物刻划的“五哥”两字，“五哥”是宫中对僖宗小时的称

◎ 鎏金壶门座茶碾子打开后上置纯银锅轴

◎ 神农尝百草

呼，而物账碑将其茶具列入新恩赐物（僖宗供物）名下，所以可断定此物为僖宗皇帝所供御用真品无疑。从实物中来看，“七事”应指：茶碾子、茶锅轴、罗身、抽斗、茶罗子盖、银则、长柄勺等七件。另外还有唐僖宗供奉物中的三足架摩羯纹银盐台，由智慧轮法师供奉的三件盘旋座小盐台和由僖宗供奉的两枚笼子、一套茶碗、茶托等御用真品。这套茶器设计科学、使用方便、质地精良、纹饰优美、配套严密。它集中、全面、系统、形象地反映了唐代宫廷茶道的风貌，以物质的外在形式折射出唐宫廷茶道所达到的极高境界。

据后来的专家考证，这套唐宫廷系列茶具，是迄今世界上发现最早、最完善，古代茶文化史料中未曾记载过的最为珍贵的唐代茶具文物。它在确凿无疑地证实了唐代宫廷茶道和茶文化存在的同时，为研究唐代茶文化及唐宫廷茶道，也为研究中国乃至世界茶文化的形成和发展提供了极其珍贵的实物资料。

由于唐代茶文化特别是唐宫廷饮茶方式、使用器具与丰富成熟的宋代茶道和以后流派纷呈的日本茶道的渊源不甚明了，曾经是中国茶文化研究领域的缺憾，所以法门寺地宫唐代系列茶具的出土，就自然地引起了海内外学者的极大热情和关注。

从人类现存的史料看，中国不但是茶叶的故乡，也是世界上最早饮茶的国家。据《神农本草经》记载：“神农尝百草，日遇七十二毒，得茶而解之。”神农尝百草的故事，在其他史料中亦有不少记载，在中国可谓流传甚广，影响颇深。值得一提的是，名称由荼字改茶字是后来的唐玄宗御批而定，成书于开元二十三年

（735年）的《开元文字音义》正式将“荼”去掉一笔，成为现在的“茶”字。

神农时代是“只知其母，不知其父”的母系氏族社会，依此推断，茶的发现和利用至少有四五千年的历史。因而，中国人推崇神农氏为发现和利用茶树的鼻祖也是有充足理由的。

纵观中国茶文化史，最早提到茶的有关记载便是《诗经》。在其《邶风·谷风》篇中曾有“谁谓荼苦，其甘如荠”的句子。至于“荼”字在当时指的是茶还是其他植物，后人众说纷坛，至今仍未有定论。但唐玄宗将“荼”字改为“茶”字却是事实。晋郭璞的《尔雅注》就曾指出：“树小如栀子，冬生，叶可作羹饮，今呼早采为荼，晚取者为茗。”西汉宣帝时谏大夫、辞赋家王褒写有《僮约》一篇，其中有“武阳买荼”，“烹荼尽具”之句，从描绘的形状和食用的方式看，当年史书记载的“荼”就是现在一直饮用的茶。被尊为“茶圣”的唐人陆羽撰《茶经》说：“茶之为饮，发乎神农氏，闻于鲁周公。”如果说四五千年前的中国人就开始饮茶似乎不太可信，那么在三千多年前的商周时代，人们开始饮茶也许是可信的。

据史料载，中国茶树的人工栽培，始于两千多年前的西汉乡农吴理真，后称甘露普慧禅师。此人出家后种茶树七株于四川蒙顶山上清峰，名为蒙山茶。此茶后来名声大振，成为茶中少有的珍品，并留下了“蒙山顶上茶，扬子江心水”的千古绝唱。

尽管普慧禅师培植出了茶中珍品并开始饮用，但就整个中国而言，饮茶风俗却不普及。至三国两晋时代，以吴国君主孙皓为代表的上层统治阶级颇为喜欢饮茶，而且文人以茶待客渐成时尚，但茶仍属上层社会享用的奢侈品。

研究者普遍认为，茶在中国的广泛传播应自唐代开始，并与佛教的兴盛有极大的关联。由于佛教在唐代达到了全盛时期，许多僧居佛刹已不仅仅是传播佛学思

◎ 银坛子腹壁人物故事画

◎ 鎏金银坛子

想、弘扬佛法的地方，也是经济单位和财源势力所在，形成了“十分天下之财，佛有七八”的局面。在“安史之乱”后，禅学中的南宗派因帮助征税和收“香水钱[4]”补助军饷有功，而统治者又想利用佛教的影响加强统治，佛教门僧就有了相当大的特权，甚至有了庄园和土地。这些名刹古寺、庄园又多建在云山雾罩、彩云缭绕的名山胜地，优美的风景，温和的气候，充足的阳光和雨量，极宜种植和培育茶树。伴随着佛教的兴起，僧尼们开始提倡坐禅饮茶，驱除睡魔，便于清心修行，饮茶之风首先在僧尼们中日益普及起来，由僧尼们栽种、管理、采制等一系列繁琐的佛事活动也随之产生。

另据史料载，最早培育茶树的蒙顶甘露寺茶的采摘要在四月初八，即释迦牟尼诞生这一天。每年的这一天，附近各山七十二座寺院的和尚都云集蒙顶，焚香沐浴，祭祀“仙茶”，然后由一大德高僧咬一片茶，漱一次口，如此循环往复，共咬完365片，即象征一年的时日，众僧方可采茶。茶采撷后，由寺僧中善制茶者炒制，众僧一边品茶，一边盘坐围绕诵经。蒙顶甘露寺以采茶饮茶的形式进行的佛事活动，渐被其他寺院采用，如杭州钱塘的天竺、灵隐等寺院，也采取了类似的活动，直至后来将茶发展成沙门规定的专项供养品。日本和尚圆仁在其著的《入唐求法巡礼行记》中有这样的记载：贞元八年六月八日，天竺高僧释智慧奉旨入西名寺译佛经，所得赏赐就有“茶三十半”。唐懿宗还曾亲自为后来护送佛骨舍利入法门寺地宫的僧彻大法师作“赞呗[5]”（法事之一项），内有“十供养赞”，其中有一项就是茶的供养。此时的沙门已经开设了茶堂、茶寮，配备了专职茶头、施茶僧，以茶来礼待善男信女。

随着“佛茶”的盛行，关于茶树的培植和茶的饮用也在大唐国土上由南向北铺排开来，大有野火燎原之势，许多乡农也开始了种茶饮茶的活动。在这股大趋势中，饮茶的方式也逐渐由最初的药饮和粗放式煮饮发展成为细煎慢啜的品饮，继而演进为富于艺术性、哲理性的茶艺和茶道。

④ 香水钱：香水，原指能消除人们烦恼的阏伽水，由此引申，把欲出家者所交纳的“鬻度钱”称为“香水钱”。
⑤ 赞呗：即梵呗。指佛教徒以短句形式赞唱佛、菩萨的颂歌，亦可有乐器伴奏。

◎ 金银丝结条笼子

地宫茶具的艺术魅力

唐代饮茶器具，民间多以陶瓷为主，而皇室贵族家庭多用金属茶具和当时稀有的秘色瓷及琉璃茶具，法门寺地宫出土的唐代宫廷系列茶具有力地证明了这一点。这套出土茶具，是皇室宫廷茶文化的完美体现，也是大唐帝国宫廷饮茶风尚极其奢华的见证。法门寺地宫出土的由僖宗为迎送法门寺佛骨舍利而供奉的御用系列茶具，配套完整，数量丰富，它在作为迄今为止唐代茶具考古最为重大的发现的同时，也从不同的侧面、不同的角度，对唐人的“吃茶”艺术进行了一次形象、生动、真实的透视和折射。

烘焙器

金银丝结条笼子：通高145毫米，重335克，有盖、直口、深腹、平底、四足，盖为穹顶，笼有提梁，盖与提梁之间用链相连。整个笼子用极细的金丝、银丝编织而成。通体剔透，工艺精巧。它是供烘烤团茶[①]用的，并为唐僖宗所赐。

鎏金飞鸿球路纹银笼子：通高178毫米，足高24毫米，重654克，有盖、直口、平底、深腹、四足，有提梁。通体镂空，纹饰鎏金，点缀着飞鸿，栩栩如生，它同样作为烘烤团茶所用。

在此，应该提及的是，茶具中的金银丝结条笼子和鎏金飞鸿球路纹银笼子，其编织方法和1959年北京明定陵出土的万历皇帝那用金丝编织的朝天幞皇冠基本相同。而万历皇帝的皇冠出土时，专家们断定，此种编织方法至宋代才开始出现。其实，从法门寺地宫出土的茶具来看，早在唐代，金丝编织工艺已经达到相当高的水平了。定陵万历皇帝皇冠发掘后造成的错误论断，在这里有了一个明确纠正的机会。

碾罗器

鎏金鸿雁流云纹银茶碾子：因唐代煮茶用团茶，所以在煮茶之前，要将团茶烘烤，再用茶碾子碾碎烹煮。它由碾子和锅轴两部分组成，与现在的中药碾子相似。茶碾子系钣金成型，纹饰鎏金，通体方长，纵横而呈“Ⅱ”形。通高71毫米，横长274毫米，槽深34毫米，辖板长201毫米、宽30毫米，重1168克，底外錾铬文“咸通十年文思院造银金花茶碾子一枚，共重廿九两，匠臣邵元审，作官臣李师存，判官高品臣吴弘悫，使臣能顺”。由此可见，这枚碾子显然是文思院专为皇帝打造并用来碾茶的茶具之一。而从那银锅轴来看，分别由执手和圆饼组成，纹饰鎏金，圆饼边落带齿口，中厚带圆孔，套接一段执手。饼面刻“五哥”字样，并带半圈錾文“锅轴重十三两十七字号”。前边已经介绍，“五哥”是僖宗皇帝未即位前的名字，因而可断定此物也是僖宗皇帝的。这枚锅轴小巧玲珑剔透，饼径89毫米，轴长216毫米，重527.3克，是典型的宫廷茶具用品。

陆羽对饮茶人的要求是尊崇“精行俭德”。后人又将其概括为“五字精蕴”，即“清、和、俭、怡、健”，含义乃是清心养神、和气安性、俭德精行、怡情励志、健体长寿。这五字精蕴和后来在日本形成的茶道那“和、敬、清、寂”大体是相通的。

因为陆羽提倡饮茶人要“精行俭德”四个字，故他在《茶经·四之器》篇中，

◎ 团茶：唐代多将茶制成茶饼，饼有方、圆两种，其中方饼常被称为“銙”（又称片茶），圆饼则称为“团”。平时穿成串，以笼具贮存。

◎ 鎏金飞天仙鹤纹壶门座银茶罗子

主张这些器具要用木制或竹制。当时人们品茶，多是自碾自罗，而碾和罗的过程，也是品茶者酝酿品茶时所需要的那种情趣的过程。法门寺地宫出土的这些银制鎏金并刻有花纹的豪华茶器，显然不是陆羽在《茶经》中倡导的那种茶具，其原因当然是帝王之家与平民百姓甚至官僚士大夫的不同，帝王一旦把饮茶变成一种享受，也会在品茶的过程中加入精美的茶器和豪华奢靡的气派，同时借助茶道反映皇权至高无上的威力。

贮茶器，贮盐、椒器

鎏金银龟盒：通高130毫米，长280毫米，宽150毫米，重818克，龟状昂首、曲尾，四足内缩，龟甲为盖，甲上有龟背纹惟妙惟肖，活灵活现。此盒的妙用在于贮放碾碎的团茶，茶装入后，既可揭甲盖提取，也可从龟口中倒出。从中国的古代直至今日，龟象征着吉祥长寿，而把龟的形象作为茶器的装饰图案，则表明了皇家祈求“圣寿万春，圣枝万叶”的心愿。

烹煮器

鎏金蔓草纹长柄勺：全长357毫米，重84.5克，匙面呈卵圆形，微凹，柄上錾有蔓草纹图案，并刻有“五哥”字样，当为僖宗生前所用，后与其他茶具一同供养于法门寺地宫。主要用途是在煮茶时不断击沸汤面，使茶末融于汤中。

饮茶器

素面淡黄色琉璃茶盏、茶托：通体呈淡黄色，有光亮透明感。茶盏侈口，腹壁斜收，茶托口径大于茶盏，呈盘状，高圈足。这是一套供人饮茶的器具，造型原始、简朴，质料微显混浊模糊，属唐代地道的中国式茶具制品，由此可见，中国的琉璃茶具在唐代已经起用。

除此之外，法门寺地宫中还出土了五瓣葵口圈足秘色瓷碗等一系列秘色瓷器。这套瓷器色泽青莹柔和，造型古朴典雅，初步认定为茶具中的点茶器。陆羽在《茶经·四之器》中对饮茶器皿的质地色泽进行了评述：

碗，越州上，鼎州次，岳州次，寿州、洪州次。或者以邢州处越州上，殊为不然。若邢瓷类银，（则）越瓷类玉，邢不如越一也；若邢瓷类雪，则越瓷类冰，邢不如越二也；邢瓷白而茶色丹，越瓷青而茶色绿，邢不如越三也……越州瓷、岳州瓷皆青，青则益茶，茶作红（绿）白色。邢州瓷白，茶色红；寿州瓷红，茶色紫；洪州瓷褐，茶色黑，悉不宜茶。

从陆羽的论述中，可以看到唐代饮茶以及茶道对“色香味”的讲究和境界。茶道的最高境界则是首先在于茶叶汤色的自然本色——绿色，而能昭显茶叶这一自然之美的瓷器即为上品。当时越州窑烧制的青瓷茶青如天、明如镜、薄如纸、声如磬，其釉彩纹色更是千变万化，姿态纷呈，若作为茶具则的确有美不胜言之境，也难怪唐代诗人发出了“越瓯犀液发香茶”的赞叹。法门寺地宫出土的一整套宫廷系列茶具的非凡魅力，形象地再现了已经逝去的久远年代里人类的精神历程，人们通过这套迄今为止世界上发现最早、保存最完整而且茶史典籍未作记载的晚唐宫廷茶具，不仅可以了解那个时期的历史及宫廷生活的印痕，而且还看到了以感性形态存在于其中的人的本质力量，从而产生了一种很高层次的审美愉悦。

◎ 银茶罗子盖顶纹饰(局部)

这套茶具除质地高贵、造型精巧、纹饰流动等艺术特色之外，和其他出土的物件相比最为不同也最具独到之处的特点，则是整体和个体组成的阴柔之美。正如众所周知的那样，当历史的年轮行进到晚唐时期，昔日那种奋发昂扬、激越豪迈的精神和美学追求已不复存在，那种“拟金代鼓下榆关”的豪迈气势，那种“气蒸云梦泽，波撼岳阳城”的壮美境界，已经一去不返。时代的

◎ 生长1700年的茶树

剧变，带来了精神家园的迁徙，人们在精神领域转向了新的思想追求。阴柔就成为时代转折期的一种新的美学标志与追求。而法门寺地宫出土的茶具，正是这一美学思想和特色的体现。无论是贮茶饼的笼子，碾罗茶面的碾子、罗子，贮茶面的盒子，盛盐、椒的盐台，或是饮茶用的调达子、琉璃茶托、茶盏及佐食用的秘瓷盘等，均精巧玲珑，飘逸轻盈。整体与个体、个体与个体之间互相匹配协调，那婉转飞动的纹饰，那色彩绚丽的机体，无不折射出一种自身特有的动人心魄的阴柔之美，而在这种美的意境深处，又包含着黄老哲学中那无为的思想底蕴，这种思想也正是晚唐政治背景的映照，是“无可奈何花落去”的政治挽歌。

法门寺地宫出土的系列茶具，为我们勾勒出了唐代宫廷茶道的鲜明轮廓和辉煌气象。唐代宫廷茶道是在陆羽《茶经》茶道的基础上，结合了唐代宫廷礼仪的产物。它是对陆羽《茶经》茶道的一种完美的实践，同时也发展了陆羽的《茶经》与茶道，既然茶道已成为一种成熟的文化现象，就必然具备较深的思想内涵以及较完整的艺术表现形式。唐代宫廷茶道体现了茶与政治、经济、宗教、文化的结合，是茶文化在一个更高的层次上进行的发展与传播。

宫廷作为封建社会最高层的代表，无疑地就成为当时社会时尚与文明的典范，

◎ 陆羽烹茶图

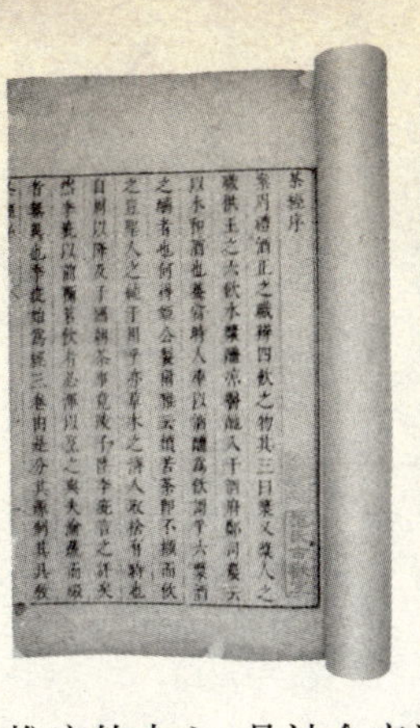
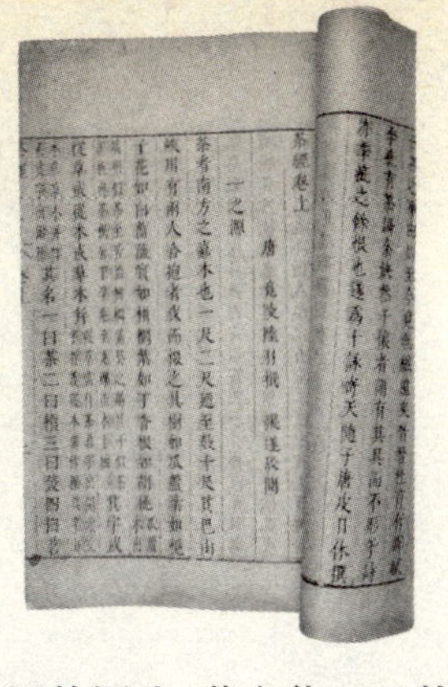

◎《茶经》

是文化思想传播和推广的中心，是社会意识的源头。茶文化一旦从民间走进宫廷，便成为宫廷文化的一个重要组成部分，这股文化的移植，除了表明大唐的茶文化发展得更加成熟外，还极大地扩大了茶文化的社会影响。而从地宫中唐懿宗期望佛祖保佑的“圣寿万春，圣枝万叶，八荒来服，四海无波”的愿望，以及唐僖宗将茶道具体供奉佛祖的虔诚态度来看，茶文化由民间、寺院上升到宫廷，是宫廷的自觉行为，又是能够使这种文化继续发展的原因。

宫廷茶道首先在内容和形式上达到了完美精极的程度，它既体现了在茶文化中具有深远影响的“和、敬”精神，同时也作为一种特殊的宫廷礼仪，反映了儒家“重礼仪，明序伦”的“礼乐”精神。这一点，也正是茶文化得以在宫廷兴行的原因之一。这种深层次的中国传统茶道精神，清晰地反映出唐代宫廷正是当时茶文化发展的最高形式，也是茶文化走向成熟的重要标志。可以说，法门寺地宫出土的这套金碧辉煌、华美富丽的唐代宫廷御用茶具，真实地反映了宫廷饮茶的风俗和习惯，证实了陆羽在《茶经》中所述的饮茶之道。

其大体的步骤为：先将茶叶烘焙，放在茶碾中碾成粉末，然后将碾碎的茶叶放进茶罗子细罗，经罗底筛下的茶叶粉末落入抽屉中。吃茶时，从抽屉中取出这些粉末状茶叶入炉烹煮，并加盐、椒等作料，调成糊状一并吃下，这便是唐人饮茶的大体过程、方法和规程。而通过饮茶联结友情，品味人生，观照人类社会自身，是唐代渐成的文人茶道的特色；饮茶过程中超脱世俗的宁静，是寺院僧侣茶道的特色；兼具表演性、等级性、和亲性⑦，则是宫廷茶道的主要特色。因而在唐代社会中，茶道表现出了阶段性、阶层性、地域性，不同的阶段、阶层和地域，始成为社会文明的重要组成部分。

⑦ 和亲性：指茶在开源、节流、进贡、和亲、输边、外交、奉佛诸作用中的一项。又因茶多子，故用“多子多福”之意，常在婚仪中作聘礼。

最后的秘密

1987年4月24日，陕西省副省长、历史学家孙达人和省文物局张廷皓、考古研究所石兴邦，陪同北京文物保护专家、高级工程师王孖、王亚蓉、胡继高等来到法门寺。同时还邀请陕西省光学机电研究所、地震局、煤炭航测大队等单位前来法门寺，协助地宫发掘。面对这支壮大了的队伍，孙达人专门召开了会议，就如何采取紧急措施保护地宫文物作了重点研究，并对有关单位及专家，以及对地宫发掘、保护的机构重新进行了调整。

4月26日，从北京来的王孖、王亚蓉、胡继高等专家，在发掘工地负责人韩伟的陪同下，仔细观察工地化学保护室的文物标本，并对个别发掘出的漆木文物立即采取防霉抗变措施。当他们看到从地宫后室清理出的铜镜时，认为原来应有的镜套没有清理出来，建议考古发掘人员在后室仔细寻找，并对镜钮所系之带拟定了保护措施。当看到盛装真身菩萨的宝函底部的蹙金绣明衣®时，他们要求保护人员立即购置盛放小件的纸盒等物，这样才能较完整地将文物保存下来。

4月28日上午，大家一起研究发掘方案。在此之前，考古人员已将中室顶部石条全部揭取。为保护中室白石灵帐的安全，在中室全面揭盖之前，民工们在白石灵帐的四周垒置了沙袋，随后将沙袋填充了整个中室，以使考古人员在地宫中室顶部安全操作。当中室顶部石条揭取后，白石灵帐顶部暴露出来，周围散布了无数枚开元通宝。考古人员揭去两层带孔的石盖，发现帐身为筒状。就在这个筒内，放置了一个用丝绸包裹的铁函，后经打开验证，有佛指灵骨一节。

按照韩伟的判断，如果灵帐的帐身没有封底，将筒状物吊起，筒内的文物即可显露出来。如果有封底，那么清理将会遇到很大的困难。但他还是判断属前者的可能性较大，便决定提吊帐身，等文物暴露出来后，在现场清理。果然不出韩伟所料，当帐身被吊起后，发现这个筒状物并无封底，里边的铁函及各类文物暴露出来。这时，孙达人与率先于几天前赶到的省文物局王文清、常宁洲，以及同来的张廷皓、石兴邦和考古队的韩金科、罗西章，连同法门寺的澄观法师等，下到地宫观看已显露的文物。

因地宫漏水和透气的缘故，显露出来的金属文物多半遭到腐蚀，并与帐底粘连，很难清理。文物保护专家王矜等人采取措施，以硬纸或绝缘薄板插入底部，先将金丝编织的一双鞋清理出来，随后由考古人员陆续将珍贵的铁函、丝绸残片、钱币等16件(组)文物一一清理出来。

需要说明的是，在此之前的清理工作，不分白天夜晚。而为了文物的安全，这时的清理工作大多都安排在夜间进行，此次的清理恰恰是在后半夜进行，至天放亮时结束。辛劳了一夜的工作人员，直到这时才长嘘一口气。

大家开始陆陆续续地带着满身的疲惫自地宫往上爬，照明设备也开始撤离。就在这时，心细如丝的韩金科也准备自后面撤出，他以手摸了摸后室墙壁，看到壁画上的图案，感到颇有点像密宗的仪轨[9]。忽然脚下踩着的泥土使他心里一震。“怎么这么虚松？”疑惑中，他弯下腰用手一刨，方才大吃一惊：原来地宫后室的正面墙根下，掏有一窑窝，里面好像藏着东西，他连忙大声喊：“等一等，快打开照明灯。”这一喊，走在他前面的现场发掘业务指导韩伟回过了头。紧跟着石兴邦也拨开其他人赶了过来。窑窝里确实有东西，而且是秘密藏贮地。石兴邦说：“可能是一个秘龛。”韩伟点了点头。于是他们一齐弯腰动手，仔细刨土。很快地，一尊外部包裹着夹金织锦的铁函便显露了出来。大家一同将铁函抱出了地宫。

铁函内到底是什么东西？为何放置得如此神秘？此时大家没有意识到，这个铁函竟维系着一段刀光剑影的历史，也使法门寺地宫的发掘从此震撼了整个世界。

⑧明衣：即冥衣，中国古代供随葬的专用衣物。

⑨仪轨：佛家用语，亦称仪规。指佛事活动的规则、程序及做法。后泛指一切佛事活动，形式分唱、念、做、法器敲击四种，内容有纪念供养诸佛菩萨、日常修行、普济超度等。

5

「武则天与佛祖灵骨」

美人初入宫闱

◎ 唐宫仕女图

公元624年，大唐江山正从战后的满目疮痍走向新生。

初春，料峭寒气还弥漫在北方大地。京都长安，人声嘈杂，春节的热闹气氛仍在持续。

江南扬州，春的妩媚已爬上杨柳枝头，婉转黄鹂嘤嘤歌唱。傍晚，扬州都督长史武士彟府邸。中年丧妻亡子的沉痛此时已经过去，不知不觉中，新娶的汉室名宦士族后代杨氏女，自唐高祖李渊说媒联姻续弦，也已四年。续婚后，很快地，他与杨氏便生一女婴。如今，妻子杨氏又十月怀胎，已到了一朝分娩的生产期。这天清晨，黎明时分，武士彟早早起床，梳洗一番后，正准备再到城外的庙宇里烧回早香，求佛保佑，再请易师抽签占卜一回，祈祷美愿。刚要出门，只见蒙蒙亮的天色中，侍妾小翠慌慌张张碎步奔来，纳头禀告:“老爷，夫人要生了。”

武士彟闻报一惊，随小翠引领，几步已到妻子居室门口。还未进屋，一声尖厉的婴孩啼哭声飘出屋外。“生了！”武士彟急忙闯进去。但是，没有想到，生个男孩的希望已在眼前破碎，又是一个女孩！

令人困惑的是，天已大亮，仍不见太阳，分明天地新净，而女婴的啼哭声，却哇哇不止。一时间，左邻右舍的官吏百姓，都惊动前来，祝贺问好声络绎不绝。即便如此，武氏夫妇仍大失所望，叹气皱眉。

这武士彟满心想借杨氏的贵族血统，为自己生个有根有基的贵公子，以子承父业。而杨氏也盼生个儿子，因为自己已经40多岁，膝下无子……她不敢往下想了，虚弱的身体拥住夫君饮泣不止。

第二天，太阳出来分外彤红。约莫一个时辰，又变成了黄褐色，这女婴的哭声突然停了。仿佛对世上的一切事物都有了情感，她竟不去理会父母亲的消沉，自己瞪一双骨碌碌的大眼睛，观察她初到的这个世界。

随杨氏陪嫁来的奶妈赵氏，是个极精明的女人，精心地护理着孩子，喂水喂奶，使小女婴健壮成长。不满周岁，便学会走路，嬉闹笑叫，无忧无虑。奶妈赵氏为了安慰武氏夫妇，特地私下为女孩做了一身可体的男孩衣服，使明眉凤目、大脸宽额的孩子更加可爱。随着时间的推移，武氏夫妇看着天真烂漫的孩子，郁积在心头的愁云，也舒散开来。

一晃两年，活泼可爱的孩子仍未起名。武士彟不免焦急。这一日，他偶然拿起孔子的《论语》，刚一翻开，正是《泰伯》篇，“惟天为大，惟尧则之”一语映入双眼。他双眸一亮，孔子说只有天最大，而尧才能效法于天，爱女既有天命，何不以此命名。于是，“则天”便从此成了孩子的名字。

这一日，几年不见的朋友袁天纲突然来访。在武家宅院门外，武则天一身男孩打扮正与姐姐和小伙伴们玩

◎ 唐代长安城西市

耍。星相大师袁天纲无意间一眼看见几个孩童，大惊失色。仔细一瞧，个个都不同凡相。正在他发愣的当口，武士彟同夫人杨氏迎了出来。未及寒暄，袁天纲便指武则天的姐姐：“此女有大富大贵之相，丈夫必然官高位显。”接着，以手指向一袭男装的武则天：“这位小公子龙睛凤项，实乃伏羲之相，富贵之极。可惜是个男娃，若是女郎，将来必可君临天下，执掌社稷。”

袁天纲话音未落，晴端端的天空滚过一声炸雷，武士彟心头一惊，头发倒竖，既兴奋又惧怕。庆幸的是小女因着男装而未被袁天纲识破性别，不然，话传扬出去，被上所知，祸便不远矣。

重重地谢过袁天纲，武士彟召集全家老小，叮嘱千万不可泄露此事一点风声，否则会大祸临头。

兔走乌飞间，不觉又七年过去。武则天九岁，出落成美艳无双的亭亭玉女。聪颖可人的她多了些超乎同龄孩子的沉稳和成熟，爹娘爱护至极。尤其是爹爹武士彟，因有袁天纲卜相一节，对爱女则进行特殊的教育，专门请诗学、音律、礼仪方面的先生为其教习。虽然他与唐开国皇帝李渊有兄弟般情谊，在李渊父子挥戈南北征战四方的时候，他曾倾尽终生经商的资财积蓄，挺身相助，功不可没。但是，岁月匆匆，他年事渐高，人生的风霜雨雪早已爬满额鬓。更让他不安的是次女武则天，眼见得一天天长大，超凡脱俗，他担心了。真不敢想女儿果真弄出惊动天地的事来，要酿出什么样的可怕结果。愈是这样，愈加寝食难安，以至于近来竟卧床不起，病色满面了。

偏偏地，李世民登上皇位后，将他钦调至荆州任都督之职。荆州都督任上，次女武则天的美貌和才学，一时间传扬开去，越传越邪，越传越远，普通百姓、同朝为官的，莫不知晓。他本是一个信佛崇佛之人，当年李渊在行军途中妻子生得多病的孩子李世民，曾抱着孩子去古刹大寺烧香求佛为孩子消病祛灾，他武士彟是见证人之一。而他一联想起袁天纲数年前的话，一看到女儿那老成、懂事的身影，就产生莫名的担心和恐惧。

武士彟就这样在万分忧虑中心力不支，撒手西去。

武则天与母亲杨氏相依为命，在艰难中度日。她过早地担起了生活的重担，过早地体味到了人世的艰辛。贞观十六年春，武则天13岁半，母亲在苦涩的生活中，已无力挣扎。愁苦中，想起了朝中的叔伯姑姑桂阳公主。通过桂阳公主的竭力举荐，年轻貌美、蓓蕾初露的武则天，走上了去往都城长安的西行大道。

一进皇城宫寝，她的天生丽质便使六宫粉黛顿然失色。

这是一个没有月光的秋夜。

掖庭宫。狭长的南北向巷道永巷。

夜幕中闪出两只大红灯笼。灯笼后边，几条袍袖迎

风飘舞的黑影，抬着一个弥散着药膳味的热水大木桶，走进永巷深处。所过之处不断有式样相同的门窗打开一道缝，露出一双双媚眼，追随这些黑影，单相思般地在梦中享受皇上的“宠爱”。

木桶在永巷尾停了下来。前边两个黑影并不说话，几乎同时伸手推开一扇门，屋里顿时射出一派融融灯光。

天天盼着被皇上宠幸，却浑然不懂宠幸为何物的武则天，看着几位宦官公公死灰般的嘴脸，不由身子一缩。

老宦官孙贵上前一咧嘴：“皇上赐浴，武才人请吧。”

武才人向后躲缩，被孙贵一把抓住：“听话，待会儿到皇上跟前，可不能这样。”言语间，已为武才人宽衣解带。

坐进升腾着热气的浴桶中，武才人像只进贡来的小波斯猫，周围的陌生使得她大气不敢出。任由老宦官孙贵左右摆布，一会儿竟忘了害怕，像孩子一样捏玩水面上漂浮的香木卷和茉莉、玫瑰花瓣。

◎ 唐代舞伎

三更鼓自窗外响过。武才人在孙贵等几名宦官的侍候下出浴、净身、施粉、点朱、描眉、梳头、更衣，对镜自顾，她已认不出自己。

甘露殿内，暖灯高挂，香烟袅袅，奏折像小山一样，压摞在御案上，御榻前锦帐柔美。

武才人进门叩拜，御案前发出一阵中年男人疏朗的笑声：“抬起头来！”

武才人抬起头，她看见一位50岁左右的只穿着睡袍的长者，正放下手中的毛笔。御案头，有两杯酒。

“如此美人儿，可是武家次女？”长者一捋

浓密的髭须，接着道："来来，别惧朕，与朕共饮这美酒。"

言说间酒已到眼前。武才人屏气饮酒，呛出涕泪。

"为朕宽衣。"未等武才人回过神来，太宗已经拥住她，大步走向御榻……一切都模糊了。武才人像只沉默的羔羊，无力挣扎，天地翻覆。突然，她一声惨叫，一口咬住太宗的右肩……

"告诉朕，你的名字？"

武才人透不过气，无力说话。

"你姿容姣美非常，朕赐你叫媚娘吧。"

拂晓时分，宦官孙贵们送武媚娘回到掖庭宫中间那条狭长的永巷里。

这一夜，武媚娘变成了一位真正的女人。

太宗李世民是从那夜咬印在自己肩上的那枚"金钱斑"而记住了武才人的。仿佛回到了刀剑戈矛挥舞的战场，他更喜欢决斗般的刺激。而接连受到皇上的宠幸，武媚娘没多久就成了婕妤、九嫔、贤妃、德妃、淑妃、贵妃们嫉恨的对象，宫人们都风言太宗皇帝遇上了狐狸精。

武媚娘不以为然，她只管一心一意侍候皇上。

哪知流言秽语不理会，灾祸却已起于萧墙。当时与袁天纲齐名的另一星相家、当朝天文宫太史令李淳风观天象时，发现太白星连日出现在白天，便占一卦，奏太宗皇上说："女主当昌。"与此同时，长安民间亦流传出一种手抄本《秘记》，上写："唐朝三代之后，女主武王当有天下。"

太宗闻言大惊，遂决定将涉及《秘记》内容有重大嫌疑的人杀掉。在滥杀了许多无辜之后，屠刀的血滴，悄无声息地举向了武媚娘。武媚娘应对自如，死里逃生。但猜疑心理极强的太宗皇帝，从此停止了对她的宠幸。

武媚娘不但失宠，而且还被降为侍女。她举步维艰，整日如履薄冰。

她无时不在调整自己的心绪。侍女每日要侍立皇上身边，每每抬头，便是太宗皇上审视的逼人目光，她由心悸到坦然相对，经历了炙烤般的磨炼。从进宫之日起，她就把身心交给皇上，作才人侍候皇上身心愉悦，作侍女跟随左右，维护皇上尊严没有半点漏洞。太宗几起杀机，又几弃杀心。

在作侍女的几年中，武媚娘没想到自己被太宗的九皇子李治看中，并倾心相恋。

◎ 唐代持镜女俑

武媚娘的转机来了，她迎合李治频频以秋波传送。

宫廷中争权夺位的斗争从未停止。一会儿有人光彩四溢，飞黄腾达，一会儿有人悲怆落难，一蹶不兴。李治在宫廷斗争中被推上皇太子的宝座，武媚娘也跟着有了一线希望。然而，这一线希望随着太宗皇上的驾崩而破灭。

太宗皇上在死之前曾逼问武媚娘："朕死后，汝有何打算？"他仍想着《秘记》中的谶语，惟恐武媚娘留在宫中将来夺他李氏大唐江山。这一问，看似平常，实则藏匿着隐隐杀机；这一问，若稍作迟疑或者回答不当，便逃不脱杀身之祸、灭顶之灾。

武媚娘慌忙双膝跪地："臣妾蒙圣上隆恩，本该以死相报，但是圣上病体会痊愈，妾还要忠心侍君。若圣上怜爱，臣妾愿削发为尼，吃斋念佛，为圣上拜祝长生，以报恩宠。"

这是武媚娘与佛结缘的率真举措，也是她巧妙逃避太宗追杀的正确抉择。

太宗觉得，只要武媚娘遁入空门，就去了缠绕自己的一块心病，便可万事大吉。所以他亲眼看着武媚娘收拾好东西，被发往感业寺削发为尼。

风凄雨悲，寒热无着。去感业寺的路上，武媚娘六神无主，伤痛的心中一片空白，真不知此去前途是何天日。

这一年，武则天 25 岁。

然而，新做皇帝的高宗李治，这位父皇在位时就与武才人偷渡情波的风流天子，他对武媚娘的绝代佳貌极为倾心，他是不会忍心让武才人在感业寺孤守青灯，永绝尘缘的。

李治与他的父亲李世民相比，自然有天壤之别。他既无多大才能，又无心执掌兴国大事，那时朝廷大政幸亏有顾命大臣长孙无忌和褚遂良把持，李唐天下还算太平。高宗时时惦念感业寺中的武媚娘，时逢太宗三周年祭日，高宗借口到感业寺烧香献花，见到了他昼思夜想的武媚娘。

这一日，武媚娘与高宗再次相见。武媚娘一双大眼扑闪，更显出娇媚的成熟之美，高宗早已按捺不住，情不自禁将她搂住。武媚娘早已激动得热泪奔流，娇语喃喃，叙诉不完的相思情。高宗发誓要将她尽快接进宫去，武媚娘自是窃喜不已。

而当时的皇宫内，王皇后与萧淑妃的争宠之战正愈演愈烈。

不会生育的王皇后，为了彻底击败正被高宗宠幸的萧淑妃，几乎挖空心思，到了机关算尽的地步。她打听到高宗与武媚娘近期频频偷情的事，高兴至极，竟一面私下派人命武媚娘蓄发，一面向高宗进言，劝其将武媚娘纳入后宫，由此而达到她离间皇上与萧淑妃的目的。这一年冬天，武则天怀孕，王皇后先做后禀，将她悄悄接回皇宫，藏在自己辖区的一个房间里。高宗见事已至此，只好干脆下旨，令拜武则天为昭仪。

◎ 唐代金栉

登上权力的血腥宝座

◎唐代飞仙铜镜

武则天的再次进宫并被加封，使萧淑妃在皇上面前的宠幸，大不如从前，这使得王皇后喜上眉梢。然而，王皇后错了，她没想到自己干的是一件引火烧人也烧己的事。在她燃起的这场宠幸之火大战中，她自己也被烧成了灰烬。

夺得寻欢宠幸权后，武则天的匕首锋芒直指王皇后。

“忍”与“狠”两字，被她发挥得淋漓尽致。且不说当初她曾以匕首、铁锤、钢鞭替太宗驯那匹狮子骢，单说她以杀死自己的亲生女婴来达到打垮王皇后之手段，就足以让人不寒而栗。

公元654年春天，武则天生下第二个孩子，是一女婴。

小公主天生丽质，与武则天长相如出一辙，颇得高宗溺爱。也不知是好奇心驱使还是别的原因，这天早上，王皇后前往看望这个小孩。当时武昭仪不在，王皇后摸了摸小公主的脸就离开了。然而，王皇后刚一走，武则天便从一旁的房间闪了出来，幽灵般潜入孩子卧室内，然后又快速离开。不一会儿，高宗皇帝驾到，武昭仪高高兴兴地陪高宗进屋看孩子。她殷勤地走上前去，掀开被子，突然大叫一声，立时昏倒地上，不省人事。高宗赶忙上前一看，只见可怜的小公主嘴唇发紫，已一命呜呼。高宗顿时咬牙切齿，大声喝问左右宫人："谁来过了？"左右答道："皇后。"高宗大怒，脱口大骂："可恶的女人杀死了我的爱女！"

武昭仪在一旁趁机献谗言，历数王皇后平日里忘形得意及其他可恶行为，更增添了高宗对王皇后的厌恶与愤怒，他决心一不做二不休，废掉王皇后。

不久，王皇后便在武则天的连续攻击下，彻底失去了往日的光华，甚至被高宗赠言"花蛇精"，意即表面美丽诱人，实则狠毒无比。其实，这一切都是武昭仪所为，高宗李治又怎能知晓他身边的女人们为争宠是怎样的剑戈相向呢？

王皇后被幽禁深宫，后与萧淑妃一同被圣旨宣布废为庶人，举家皆遭流放，自己也体无完尸……武则天在别人的痛苦与鲜血之中，构筑了自己胜利的方塔，终于登上天后宝座。

这显然是一个令人不得不相信的离谱传奇。

武则天垂拱二年（686年）九月六日，临潼新丰县露台乡。突然，天空滚过一声闪雷，霹雳闪耀之际，刹那间山摇地动，平地上端端地涌出一座鳖盖形的孤山。这山一露头便高有六丈，老百姓惊奇不已。更玄的是，仅过了一夜，这鳖盖山又猛长到二百丈，且在山东面地陷处崩出一个三百亩大的水池，山的南边也裂出三眼大泉！水池的中央有三座小岛，周边龙凤戏舞，岛峰上长满熟透的柿子，醇香扑鼻。还有满满地挂在枝头、红得炸裂开来、果仁显露的大石榴，犹如天界神果，极为迷人。地势平坦处，则奇怪地长满一片片莜麦，莜麦正当扬花，使一些人又感惧怕至极。因为时令是九月秋季，若有柿子、石榴等果木存在还可说得过去，而此处出现的莜麦正在吐穗扬花，这不是九月与五月相搏，时令同节候相斗吗！一些人甚至认为这眼前的事实实在是与传统的天理不合，吓得足不出户，门扉紧闭。当地官员显贵们则于惊叹之余认为这是天上瑶池仙山降地、仙麦下凡，吉瑞非常。于是，有一位胡姓县令匆匆忙忙来到京都长安，将此事百般渲染地禀报给当朝垂帘的天后武则天。

武则天听到这一消息，震惊不已。一时间头脑中不由幻出昔日生活的一幕幕：由媚娘到才人，由才人到昭仪，由昭仪到皇后，由皇后到太后，自己苦苦奋进、努力近三十年，数不尽的侮辱，说不完的宠幸，道不竭的争斗，言不全的荣光，风风雨雨，雷鸣寒霜，她终于有了执掌李唐王朝的天赐机缘。她想落泪，但这一次落泪不是被残害被打击时的辛酸泪，在眼眶中打转儿的，分明是激动的泪。

她曾以皇后身份与高宗一起坐朝理事，被时人颂作“二圣”之一。高宗驾崩后，她不满足以太后的名义临政，当上了中宗、睿宗两皇帝的天后，她时刻想着自己改制当皇帝，以施展自己的治世之才。武则天不会忘记那个叫法明的僧人想讨她的欢心，在自己所译的《大云经》中添置手脚，加上“女主当有天下，佛祖菩萨伯之”的句子（即“天女，时王夫人即汝身……汝于尔时实是菩萨，为化众生，现受女身，是时王者”。）呈献给她。她也没忘法明的师兄弟云宣为《大云经》作的疏：“陇头一丛李，枝叶欲凋疏，风吹几欲倒，赖逢鹦鹉扶。”“三六年少唱唐唐，次第还歌武媚娘。”她对以佛法讨好献媚自己的法明等人，大加赞赏。而在她最高兴的时候，法明趁机向她献言：“长安虽云乐，却不合天后的生辰八字，天后不如长住东都。”这言语更中她的下怀，早年为争宠而谋杀王皇后，自己亲手掐死爱女，长安宫廷的冤魂怨鬼们早已使她心神不宁。她于激动中给这位叫法明的僧人亲口赐名“明崇俨”，且封他做了侍中的官职。

面对姓胡的县令报告的“吉兆”，武则天深信这是上天垂兆，佛祖赐瑞，庆贺自己不日将登上皇帝宝座，是大喜大吉。于是，头脑发热的她，金口脱出玉言，赐形似鳖盖的山为“庆山”，又把新丰县改名庆山县。更降旨地方，在山上筑两大佛寺，北边的起名“宝云寺”，里边供奉佛祖释迦牟尼和《大云经》；南边的起名“庆山寺”，里边塑上自己四尊生肖供养像。第一尊是她做姑娘时的闺阁塑像，第二尊是被封为太宗李世民才人时的俏丽坐像，第三尊是做高宗皇后时的行辇像，最后一尊是自己做皇帝称至尊的坐朝宝像。不过这第四尊像，暂时没有往里放，而是放在洛阳。直到三年后也是秋阳朗照的时候，她登上皇位，建起周王朝，改元天授（即天授其君权），这第四尊至尊坐朝宝像才从东都洛阳正式安放于庆山寺。迢迢千里，运送途中的艰辛可想而知。

在安放至尊坐朝宝像入主庆山寺的同时，武则天大兴土木，在庆山寺后面为自己筑起了一座“万岁长寿”宝塔，俗称庆山寺塔。一时间，香烟袅袅，磬钹、木鱼之声声震九天，旌旗飘扬，山上山下好不热闹！

《新唐书·五行志》载：武后垂拱二年十月，新丰露台乡“大风雨，震电，有山涌出，高二十丈。有池，周三百亩，池中有龙凤之形。禾麦之异，武后以为休应（吉兆），名曰庆山”，故改新丰县为庆山县。这段文字，我们

◎ 挥扇仕女图

录于此，算是对庆山寺的进一步佐证。

还是在武则天登上天后宝座的前期，还常常去庆山寺，找她的情男明崇俨相聚。因为这时高宗李治由于沉醉声色花影，身体极度虚弱，终于染上了内症。可以想见，武则天后来即使已到东都洛阳，为什么仍然对庆山寺情有独钟。

离庆山寺不远处约四五华里外的凤凰源畔，有一被当地人称为姑姑庵的地方。这姑姑庵，与庆山寺有地下通道相连接。武则天虽人去庆山寺，但作为皇上的昭仪，她是不敢光明正大地与明崇俨往来的。为了闭人耳目，给自己的不洁行为创造条件，她竟亲自察看地形，命人秘密沿庆山寺半山腰东南方向的崎岖险峻、傍山依水处修建一处房舍。房舍建成后，工匠全被秘密处死。她每每来庆山寺，明崇俨都提早在房内迎候。这里常常上演的一出鼠窃狗偷、苟欢野合之剧，极少为世人所知。

这些宫闱秘史使我们喟叹。佛，在此时只是武则天掩饰秽行的一袭外衣，她那复杂而精于心计的内心世界对人们来说，是个猜不透的谜。

抹不去的庆山恋

◎唐宫宴乐图

由于高宗病体不愈，病情一天一天加重，无力披阅奏章、处理繁杂的朝政事务，武则天便一天一天将朝政大权揽于一身。也由于高宗病体虚弱，素有情种称谓的武则天，感到高宗已远远不能满足自己的感情需要，她借故偷偷地去庆山寺的次数渐渐多了起来。庆山寺，这寄托自己精神希望的地方，成了她倍加爱护的重要寺院。她要将位于长安东边的这个寺院，建得与长安城西端的皇家寺院法门寺一样。在武则天的心中，庆山寺最好能与法门寺互为犄角，共同为自己的武氏朝政争辉。

在朝廷内部，她屡次玩弄设立太子又废太子的把戏，尝试自己手握皇权的威力。除掉太子李弘后，又立二儿子李贤为太子。紧接着从庆山寺将明崇俨召至宫内，侍候自己左右。但是，由于太子李贤深知武后与明崇俨的暧昧关系，使得明崇俨对李贤恨之入骨，他惟恐李贤在高宗死后当上皇帝于己不利，便常在武则天面前进谗言，言及“以贤之相，不能继承皇位”。

正当此时，大唐帝国连年遇到特大自然灾害，满目疮痍，民不聊生。朝廷官吏俞文俊途经新丰，目睹了山涌地陷、百姓遭殃、无人援救，与朝廷大肆营造庆山寺、庆山寺塔的情形形成鲜明对比，心中非常气愤。他凭着一股书生气，直登大明宫丹墀面圣，为民请命道：“启奏圣上，臣听说天气不和而有寒暑降临；人的气血不和而生赘疣；地气不和而山涌地陷！今新丰山涌地陷，给当地百姓带来灾难，圣上本应放粮施财救灾救民，谁知不然，却听妖人之言，把灾山称为‘庆山’，在其上大兴土木，此非天子爱民之德也！……”

◎ 鎏金铺首，大明宫宫殿门环

侍立于高宗病榻一侧的武则天听了，强忍怒火，问道：“腐儒，你说新丰突出新山，不是庆贺我大唐中兴、我帝龙体安康的吉兆，是什么？”在多病的高宗身前，武则天没有说出这是庆贺自己登基的先兆，而是改口说这是祝高宗龙体痊愈的吉兆。

武则天恼羞成怒，下令把俞文俊鞭打出宫，并放逐到岭南蛮夷之地，永远不得启用。

下朝时，给事中魏叔璘自言自语说：“地生骨堆，何足为庆？”却不想被明崇俨听到，立即向武则天告了密，武则天一不做二不休，立即以高宗名义赐宝剑给魏叔璘，逼他“自杀”，以谢“皇恩”。

从此，合朝上下无人再敢言说“庆山”之事。

满朝上下都惧怕武则天，也包括太子李贤。为了使自己的太子之位稳固，他必须除掉明崇俨。他密谋派人暗杀明崇俨，并逃避现实，寄情声色，终日纵欲，竟与身边的仆童发生同性恋关系。武则天听说此事，心中大怒，将李贤贬为庶人，幽禁深宫。第二天，即下旨立第三子李显为太子。就在这个当口，56岁的高宗病情加重，一命呜呼，李显即位，即唐中宗。然而武则天仍执掌着所有朝政大权。

不久，武后又废李显，立第四个儿子李旦为皇帝，称为睿宗。再后来，她干脆自己当上了皇帝，登上了九五至尊的天子宝座。

皇权大握后的武则天日子过得并不称心，宠臣明崇猝死，高宗李治驾崩，皇位初登，日理万机使武则天元气大损，深感苦闷、烦躁。

这一日，武则天又感身体不适，遂命御医沈南璆入宫，让其扶脉诊疾。沈南璆悬丝作判："陛下心情抑郁，多生烦躁，恐是无阳气滋润。"武则天会心一笑，双眸一亮，不由赞沈南璆料体诊疾如神，就让沈南璆为她配制几副强身之药。

这类药物的配制，对沈南璆来说再简单不过了。于是他随手便配制成几副山獭髓和强龟益女方，熬好后，递了上去。不曾想，面对一大碗汤，武则天突发奇想，便招沈南璆进前，要其尝试药力如何。沈南璆心惊胆战、痛苦万分地端起药汤，皇上的旨意他岂敢违抗？他一咬牙，一气喝下满碗苦汤。这下可坏了。他喝的这碗药正是所有补肾强身药中最猛的山獭髓剂。有山中猎人和采药人说，雄山獭是兽中最淫之物，若下情发作，找不到同类，碰到其他雌兽，也会难以控制，扑上去与之交配。故而，茫茫群山中所有野兽见了它都能避则避，能逃则逃。无奈时，雄山獭就常常以树洞为阴发泄，直至排精而止。山獭髓即是取其鞭肾与淫羊藿调配而成。喝完汤药，沈南璆情知不妙，只觉心胸如烧似煎，全身血液直向下身聚拢。正当他痛苦难抑，准备请求告退时，龙榻上的武则天一下子似变成了美丽动人的少女。他身不由己……

自此以后，御医沈南璆便时时进宫为皇上"医疾"。然而，沈南璆毕竟年事已高。正在武则天欲辞弃御医沈

◎ 檀香木微雕供养人

南璆，心事重重之时，女儿太平公主察言观色，看透了母亲大人的心思。她将张昌宗、张易之两兄弟举荐给母亲，为母亲“分忧解愁”。张昌宗兄弟俩长相一模一样，面如薄粉，唇若涂脂，口含鸡舌，气若吹兰，身材健美，活脱脱一对灵童仙子，武则天陶醉得说不出话来。

此后，张昌宗兄弟在武则天后宫日夜盘桓，淫秽宫闱。当时武则天已年近 70 了。

夜梦惊魂思皈依

虽然在长安城玩尽了权谋，施行了血淋淋的统治，实现了自己的宏愿，但武则天每每合上眼，那些如王皇后、萧淑妃一样的冤魂厉鬼便前来找她算账。她在这种极度恐惧的煎熬中，稍稍省悟过来。这天夜里，武则天梦见佛降法云，缠裹着自己的身体。全身汗渍斑斑地惊醒后，她据此遂生出一些忏悔之意，决心皈依佛门，寄托精神希望，当一个大仁大慈的大居士。

就这样，她一方面迁往东都洛阳，在洛阳白马寺大兴土木建筑佛寺，一方面下令精心修缮庆山寺，并命人精雕细凿，制出汉白玉浮雕彩绘阿育王塔，制出金棺银椁，盛装佛灵骨供奉，还将自己心爱的最精美的绣裙供奉在庆山寺内。一时间，庆山寺上空弥漫着一派虔诚的佛教云烟。

《大云经》上说武则天是西方弥勒佛下世，应取代李唐做天下之主。武则天就下令将《大

◎ 河南洛阳龙门奉先寺唐卢舍那佛像，由武则天用自己的私房钱完成。

◎ 八棱秘色瓷五宝瓶内装的部分佛家五色宝珠

云经》颁行天下，长安、洛阳及诸州各建大云寺一所。天授二年（691 年），武则天改变了初唐以来的规定，公开宣告：佛教在道教之上，僧尼在道士之前，对佛、道地位进行了颠倒。早在三国时，道教徒曾伪造《老子化胡经》，说老子西到流沙，命令门徒尹喜降于天竺，化生为释迦牟尼，因而中国的道教始祖成为佛教的先师。魏晋南北朝以来，这种传说一直起着扬道抑佛的作用，对佛教不利。武则天要崇拜佛，她下令全国搜集《老子化胡经》，全部焚毁。

不难看出，武则天拜佛供佛，不仅仅是出于一位普通居士对佛的敬意，还因为佛可被她加以利用，巧妙地变成统治人心、治理朝政的工具。正是看中了这后者的无比巨大的作用，武则天才带头礼佛信佛。

由于在长安城中一步一步搏斗残杀，她走上了中国最高统治地位，长安城中作孽所扬起的血晦之气时时袭扰着她的身心，她于恐惧中恨透了长安城。东都洛阳，成了她的后期理政栖息之所。《华严金师（狮）子章校释》一书记载着这样一则故事：武则天延载（694年）、证圣(695年)年间，华严宗三祖法藏于洛阳佛授记寺讲新译《华严经》，讲到华藏海震动处时，恰好发生地震，这偶然的巧合，使得僧众们震惊不小，认为是不祥之兆。此事上奏武则天，武则天御笔答曰："省状具云，昨因敷演微言，弘扬秘赜。初译之日，梦甘露以呈祥；开讲之辰，感地动而标异。斯乃如来降祉，用符九会之文，岂朕庸虚，敢当六种之动[①]！披览来状，欣畅兼怀，仍命史官，编于载籍。"如此一宗偶发事件，却被武则天一口咬定，说成是佛降法祉，是上天之意，不但不是自然灾害，却成了祥兆瑞气。我们且不去评说武则天所作所为的荒唐可笑，单从这点就可以看出，她崇佛事佛到了多么"忘我"的地步。

◎ 鎏金银如意

天册万岁元年(695年)，武则天又作无遮会于明堂，凿地为坑，深五丈，结彩为宫殿，佛像皆在仪式开始后自坑中引出，叫做"自地涌出"，以示对佛的重视和痴迷。久视元年（700年），她将洛阳城北邙山的白司马坂作大像，税天下僧尼人出一钱，至长安四年（704年）十月，共募得十七万贯钱财。足可见武则天对佛的供奉之投入。

武则天有生之年中的最后一次崇佛活动，即长安四年的迎奉舍利。

她派大德高僧自庆山寺取出她最心爱的阿育王塔和最精美的蹙金绣夹裙，命凤阁侍郎[②]博陵崔玄暐与西京大荐福寺寺主法藏偕同应大德、纲律师等十人，同往岐州扶风法门寺迎取佛指舍利入宫供养。法藏等僧众进入法

① 六种之动：大地震的六种相状，又称六变震动、六反震动、六震、六动。
② 凤阁侍郎：即中书侍郎。

◎ 金筐宝钿真珠装珷玞石函内盛锦袱包裹的宝珠顶单檐四门纯金塔

门寺，献上武则天皇上的最高礼仪——阿育王塔和蹙金绣夹裙，鸣钟念经七天七夜，然后开启塔下地宫宫门，将至尊无上的佛指舍利迎了出来。佛门僧众和凡夫俗子们跪倒一大片，膝行相迎，“顶缸指炬者争先，舍财投宝者耻后”。场面之宏大，可见一斑。这年除夕，佛指舍利被迎至西京崇福寺，当时的西京留守会稽王率领官绅侯属，以及五部之众，跪身于道路两旁，争相倾施奇珍异宝，供奉佛灵，“香花鼓乐之妙，矇瞶亦可睹闻”。到了正月十一日，经过长途跋涉，佛指舍利终于被簇拥着进入洛阳城。武则天特敕令全城王公望族、平民百姓，倾城而迎。事先精心做好的幡体幢盖，遮住了云天，蔽隐了日头。武则天亲自传旨，命宫中太常具乐奏迎，一路上浩浩荡荡，迎佛前往富丽辉煌的明堂。正月十五元宵观灯之日，武则天“身心护净，头面尽虔”，请法藏高僧捧上佛指舍利，“普为善祷”。至此，武则天以封建社会历史中绝无仅有的女皇迎佛之姿态，完成了自己在四海民众心目中的形象塑造。

◎ 盛唐观音

《璇玑图》中绘恋情

◎ 鎏金菱弧形双狮纹银方盒

武则天事佛，无疑很大一部分是出于政治上的原因。在政治统治上，她需要将盛行于世的佛教用来为自己服务，这是不必作任何掩饰的历史事实。悠悠岁月，各朝各代，每一位皇帝都有自己的统治工具，利用佛教来巩固自己的统治，则是武则天及另外几位唐代皇帝的统治术之一。曾有一段时间，中国历史将武则天这种做法称为“佞佛”，今天想来，的确荒唐可笑。

武则天大崇佛法，一俟为佛绣制金袈裟的想法成熟后，她便下令施行。

江南的苏绣湘绣，闻名久远，武则天自然想到了江南的织绣高手。还未等她将这一想法出口，身边的薛怀义似理解主子的心事，投言掷情，一副丈夫气，要为武则天分忧解难。武则天凤目舒展，薛怀义作为她最得力的亲信面首，督办此事，她焉有不放心之理。

这薛怀义即武则天的宫内贴身面首之一，家籍为京兆鄠县，即今陕西户县，原名冯小宝。他原为东都洛阳城中一经营药材的小商贩，身材魁梧，粗壮有力，也有点文化。因得幸于李渊女儿千金公主的侍女，进而与公主相识，随后被推荐为武则天的男宠。武则天虽身份贵为天子，但天子也有七情六欲，在男女问题上，她的欲望是无节制的。在传统的三纲五常的伦理道德气氛下，她不得不顾忌朝臣们的议论，不好直接公开将男宠留在宫中，便开动脑筋，将冯小宝度为僧侣，亲自为他起名怀义，使他能随便出入宫禁。不仅如此，她还让怀义与驸马都尉薛绍合族，命薛绍事之为叔父，以提高怀义的身份。此后，薛怀义与洛阳高僧常有往来。689年夏天，薛怀义积极参与了编撰《大云经》的工作，在此书中竭尽全力鼓吹武则天为弥勒佛下世，为武则天施行政治改革铺路。称帝后的武则天，亲封怀义等为县公，并颁赐给他们紫袈裟和标志身份的银龟袋③。

怀义自然荣幸之至，他出入宫廷禁地，每每身披武则天赐予的紫袈裟，如入无人之境。

这一日武则天将想要为佛制金袈裟的想法告诉怀义后，怀义手抚皇帝赐赠给自己的紫袈裟，心潮起伏，激动异常。作为面首男宠，怀义以他的精明干练、侍候主子得力而深得武则天赞赏。在这个节骨眼上，怀义当然得绞尽脑汁大加表现一番。他马上想到了自己的家乡。很小的时候，便听人说起民间刺绣珍品《璇玑图》的事。鄠县是长安的区县，与扶风县之间仅隔着一个周至县，扶风县民间才女苏若兰织就《璇玑图》的故事，曾在故乡广为传颂。想到此，他故作聪明，将江南织锦刺绣工艺

③ 银龟袋：龟袋，唐代官吏盛龟符之袋。

大加棒杀贬低一番，弄得武则天如坠五里云烟之中，摸不着头脑。接着，他向武则天津津有味地讲起了北方刺绣尤其是以扶风为中心漫及各县各乡各村的刺绣技艺，讲起了苏若兰《璇玑图》的来历。

在南北朝时，一个月色朗照、天宇皓皓的夏夜，离法门寺不远处的苏家村有位名叫苏道质的穷秀才，妻子分娩，生下一个眉清目秀的女婴，起名若兰。

小若兰聪颖过人，三岁学画，四岁作诗，五岁抚琴，九岁便学会了织锦。十岁刚过，即可描龙绣凤，琴棋书画的精妙全被她运用到了织锦之中。后与已故右将军窦真之孙窦滔结为连理。

苏若兰与窦滔完婚后，夫妻互恩互爱。不久，前秦苻坚看中窦滔的才学和武艺，便封他为秦州刺史。有一回，苻坚派他带兵攻打东晋，窦滔此时已厌恶连年战乱，便与妻子相商，借故不从。苻坚一怒之下，将窦滔革职发配到流沙（今甘肃敦煌一带）。窦滔临行，苏若兰心如刀绞，牵衣顿足，戚戚送别。行至法门寺外池塘边随口吟诗："银箭夕日穿红线，何故今朝断丝弦？送君池边千秋泪，漠漠流沙几时还？"窦滔强按住心中的悲伤，随即安慰道："阳春飞鸟嬉戏时，边关壮士自回还。"情依依，悲凄凄，水碧碧，相亲相爱难舍难离。送到村外，就要分手了，两人更加悲伤。若兰见秋叶飘落，一行大雁悲鸣，又吟诗："瑟瑟秋风孤雁鸣，古道西望泪湿巾；野日惨惨照荒草，佳音不知几度春？"窦滔又安慰她道："秋去冬尽春日暖，自有鸿雁送佳音。"

窦滔走后，苏若兰每天孤坐窗前，遥望西边漠漠天空，冬去春来，几度花红叶落，鸣雁依然无影无踪。每到夜晚，她思念丈夫心切，凝视天边明月，月缺月圆，不见壮士归还，悲泪涌流。日餐渐减，夜夜孤灯，思绪万千，只盼心上人能早日脱离谪贬，平安归还。

激情中，苏若兰磨墨摆砚，提笔写出自己的思念。开始，每天写几首思念诗，白驹逝水，年复一年，竟写成七千九百多首诗。然而，亲人窦滔仍不见回还。

由于苏若兰才情若泉，时时不间断地喷涌而出，写诗的事也便传开了。苻坚的妻弟，为了讨好苻坚，得知苏若兰确是一不凡才女时，竟仗势欺人，要接若兰进宫，为苻坚作妃子。若兰悲愤交加，毅然剪去自己的一头青丝，表示宁为玉碎，不为瓦全。她孤坐绣阁，轻摇纺车，纺缠出缕缕细纱，去水塘洗净，染成五彩线。最后，将五彩线昼夜不停地织成了一幅千古奇珍、绮丽无比的诗锦——《璇玑图》。这《璇玑图》里，渗透着若兰的倾腹才华、一腔衷情，是她高智力、深才情的巍然凝结。

诗锦织成后，竟无人能读懂。若兰说："非我夫君，莫能读之。"后来，她竭尽所能，历经千难万磨，托人将《璇玑图》带到边关，带给窦滔。窦滔读懂了妻子的一片真挚之情，悲痛欲绝，他仿佛见到了善良而贤慧的妻子，从遥远的故乡来到自己的面前。可是家乡的妻子因无力抵抗苻坚妻弟的威逼纠缠，已守节殉情。

听完《璇玑图》的故事，武则天受到了很大的震动。她随即命薛怀义探访民间，寻回那使她云山雾罩的仰慕之物。据史书记载：这幅诗锦仅八寸见方，苏若兰以红、黄、蓝、紫、黑五色彩线将它织成，用色得宜，令人赏心悦目。苏才女将它起名《璇玑图》，意即它能像罗盘一样旋转连读。由于她织成的是一方

◎ 捣练图（唐）

五彩诗锦，因而后人又叫它“织锦回文”。《织锦回文璇玑图》纵横回环，交叉跳间相读，皆成美妙的诗篇，共可读出七千九百五十八首，诗体繁复多变，词美韵和，节奏铿锵，情真意切，是苏才女忠贞爱情的全部心血结晶。

窦滔将苏若兰的织锦回文带回故乡后，人们争相摘抄传读，学诵印行，流传甚广。可是，到武则天这里，时间已不知不觉晃过了几百年，《璇玑图》真品还可寻得见吗？

薛怀义自有他的奇谋妙招。他踏遍周原、秦川，历尽千辛万苦，竟然找见了当年流落民间的《璇玑图》，恭恭敬敬地献给武则天。武则天见到宝物，喜爱吟诗诵句的她，惊喜之际，竟激情大发，大称《璇玑图》“才情之妙，超古迈今”，“真为千古绝唱”，并提起御笔，亲自书出一篇佳文，作为对《璇玑图》的序。

确实，织锦回文不论从哪个方面衡量，都是精妙高雅的无价之物，它标志着我国文学史上回文发展的高峰，文物价值更是引人注目。在距今一千七百多年之前，将八百四十一个字排列成一个含诗七千九百多首的方阵，并用五彩线织成八寸见方的彩锦，就是当今科学技术和纺织技术都高度发展的情况下，恐怕也是一道不易解答的难题。苏若兰作为普通妇女，她超人的文学功底和纺织技术，是让人不得不佩服的。难怪清代大文豪李汝珍把它收录在巨著《镜花缘》中，并称：“得观此文，三生有幸。”

我们由此可以想见，武则天在得到这幅《璇玑图》的时候，是怎样的一种激动。

武则天由《璇玑图》中得到很大启示，她亲自叮嘱薛怀义，要他挑选举国最高妙的织绣人才，要像绣《璇玑图》一样，精心绣制献给佛的金袈裟。

薛怀义挑选八百里秦川宫内宫外的织绣能手，又挑选全国最杰出的冶金高手，终于在最短的时间内，蹙金绣出一件绢里袈裟。这件金袈裟四周设缘，捻金线钉绣云纹，中部界成水田格，格中绣莲花，四角饰卐字。献与武则天，武则天龙颜大悦，重重奖赏薛怀义。由于薛怀义造制金袈裟有功，武则天又让他督造明堂，先后动用数万工时，最后建成高达三百尺的大屋。

单说这金袈裟上的捻金线，此项工艺使人不得不对唐代抽金丝工艺大加赞叹。金线的截面平均直径为0.1毫米，这在世界上无疑是仅见的。在当代中国，北京首都钢铁公司仅仅只能将钢丝抽到截面直径0.4毫米！考古队员们自法门寺地宫前室中发掘的包括武则天绣裙、武则天金袈裟等等精美无比的蹙金绣和织金锦物件，使我们对唐代纺织工艺技术的水平有了一个深切认识。

公元705年十一月初，正当事佛活动一浪高过一浪时，老态龙钟的武则天也走向了她生命的弥留之际。她最后一次在两班文武大臣们陪伴下登明堂礼佛，事毕回到宫里，躺在御榻上。似感时候不多，艰难地招手示皇儿李显近前。李显轻步趋前，武则天道出了她人生的真体验："朕一生与佛结缘，臣民生灵幸无涂炭，佛佑大唐，朕感灵光……尔等继位，纳佛于心，善待臣民，绝弃杀戮，自会德大福报……"话未说完，武则天如睡着了一般，安详地撒手人寰。

也许是至老心境模糊，也许是羞于启齿，也许是当时举国一片事佛之声，武则天并没有在临死前"坦白"她自己身不由己投入宫闱斗争的刀光血影，还有借佛掩淫的桩桩旧事，但是从她对中宗李显的一番弥留遗嘱，我们不难看出她对佛的敬心，以及隐隐的忏悔。

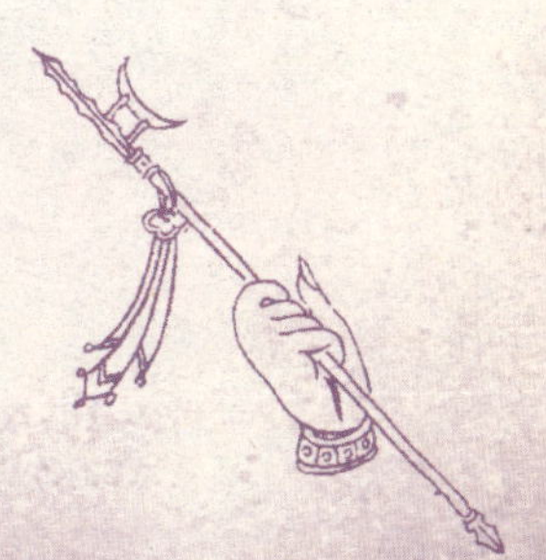

武则天身死时，佛指舍利仍供奉在明堂。中宗李显继位后，于景龙二年（708年）二月十五日，派沙门法藏等造白石灵帐一铺，送归佛指舍利于法门寺。为了表示

虔诚，中宗和韦后等还下发入塔，供养舍利。

还应说明的是，于法门寺地宫前室发掘的四铺彩绘阿育王塔，并非中宗命法藏造的那一铺“白石灵帐”。但令人欣喜的是，1976年秋，在法门寺塔的西南方向地下一米深处，发现了中宗等人收藏头发供养舍利的石匣盖子。盖子上有如下铭文：

大唐景龙二年，岁次戊申，二月乙丑，朔十五日己卯，应天神龙皇帝、顺天翊圣皇后，各下发入塔，供养舍利……

景龙四年二月十一日，中宗李显这位继武则天之后的又一崇佛大居士，欣然为法门寺塔题名：“大圣真身宝塔”，将法门寺改称“圣朝无忧王寺”。

◎ 璇玑图

嗟情家明葩榮
嘆中無鏡紛爲
懷傷君朗光誰
所路房容珠感
離曠幃飾曜思
經遐清華英多

妃闈飛衣誰追
后中奮哀爲相
自節能我容聲
興厲不歌治同
風樊嘆發觀羽
周楚長雙華宮
南鄭歌商流徵
邵衛詠齊曜情
伯女志興榮傷
窮河遐碩翠感
冤廣路人粲我
淑思逶其葳情
姿歸迤傾蕤悲

庭闈亂作人讒奸佞凶害我忠貞
明難受消源禍因所恃恣極驕盈
榮苟不義姬班女婕妤辭輦漢成
城傾在戒后孽嬖趙氏飛燕實生
熒猶炎盛興漸至大伐用昭青青
形未在愼深慮微察遠禍在防萌

思情時形寒歲識凋松慾居嘆如
感傷在勞貞物知終始舊獨懷何
自孜君想顏喪改華容是爲女賤
寧孜側夢仁賢別行士念誰賤鄙
龍旍容衣詩情明顯怨衰情時傾
虎彫飾繡始璇璣圖義年勞嘆奇
繁華觀曜終始心詩興感遠殊浮
文曜壯顏無平蘇氏理往憂歲異
藻榮麗充端比作麗辭日思慕世
嬰漫丁冤詩風興鹿鳴懷悲哀誰
是漫是何桑翳感孟宣傷感情者
憂何艱生時盛昭業傾思永戚我
懷思苦我章徵恨微玄悼嘆戚知

凶慈雍思恭基
頑孝和淑自爲
漫休家貞記孝
讒退遠敦貞敬
愚謙危節所是
滋蒙疑容持從

移陂施爲祇差
西不何誰神無
日日激輿通者
白無憤將上採
殊衰殊身節菲
年有志飾志葑
時盛意麗哀遺
惟必心華惟下
逝倏達榮感體
倏無一俯憂作
然盈體仰情者
若不忠容何成
馳虧離儀背辭

6

「度尽劫波法门在」

◎ 引路菩萨立像

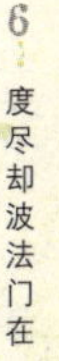

佛门大劫与地宫事变

◎ 莲花藻井

在中国漫长的历史进程中，曾先后有四位皇帝发动过毁佛灭佛的典型事件。他们分别是韩愈谏佛骨之前的北魏太武帝、北周武帝和韩愈谏佛骨之后的唐武宗、后周世宗，史称“三武一宗”之厄。其中，对法门寺造成了最为直接也最为严重的冲击的，当数唐武宗在会昌年间发起的灭佛运动。

作为晚唐的第一个皇帝，武宗本人素来偏好道术，排斥佛教。开成五年（840年）正月，唐武宗登基，这年秋天，他即召请道士赵归真等81人入宫，在三大殿修金箓道场。第二年，即改元后的会昌元年（841年）正月初四国忌日，唐武宗按照惯例敕命行香设千僧斋；到了六月十一日，武宗生日，于宫内集两街大德及道士四人谈经对论，结果两名道士被赐紫，释门大德却什么也没得到。当时，在中国传法的南天竺沙门宝月闻此极为不满，于是不经同意，便擅自入宫，从怀中抽出表文进呈武宗，请求回归本国。见其骄狂的模样和举动，武宗大怒，当即诏令将宝月收禁五日，不放其归国，并把他率领的三个弟子与通事僧等人各打七棒和十棒。宝月的逞骄犯颜，在武宗心中埋下了最终灭佛的种子。

武宗与道士赵归真过从甚密，赵归真和其弟子不时地为荡灭佛教煽风点火，

◎ 盛唐观音

并以“李氏十八子运尽”、由“黑衣天子”理国，附会为唐第十八代皇帝武宗将被僧人夺位篡权，挑拨武宗与僧尼的关系。赵归真曾在禁中设坛，要“练身登霞，逍遥九天，康福长寿，永保长生之乐”，当他的作法最终失败后，便借口释教黑气“碍于仙道”，唆使武宗灭绝佛教，以便升天成仙。正是在这些挑拨、唆使下，武宗加紧了排佛的行动。

当然，“会昌法难”得以付诸实施，与当时的政治形势密切相关。据粗略统计，截至武宗一朝，唐朝和尚被朝廷封官的达30人之多，其中不乏有司徒、司空、国公等一类的显官贵爵，甚至有的被封为将军而参与军机事务，涉及国家军事机密。至于那些虽无官爵，但与权贵交往密切，因而气焰嚣张的僧人，更是屡见不鲜。由于僧众日渐形成的政治势力，冲击了正常的封建政治秩序，就不能不引起臣僚的憎恶和皇帝的担忧，这种担忧最终促使武宗走向灭佛道路。

促使武宗灭佛的直接原因，应算是寺院经济的极端膨胀和僧尼的淫乱放纵。由于中唐时期特别是唐宪宗一朝大力扶植佛教，致使佛教势力和社会影响越来越大，成为中国佛教史上罕见的极盛时期。到唐武宗时，全国大中型寺院近5000座，小型庙宇多达4万余座，僧尼近30万人，寺院奴隶达15万人。全国寺院共占有良田数千亩，形成一个又一个相对封闭

◎ 释迦牟尼佛·弟子和大师

的庄园。寺院内部的经济大权掌握在住持僧手中，僧尼们极少下田劳动，而是靠农民耕种，寺院以收取地租和发放高利贷作为经济来源，这种做法使寺院经济迅速膨胀起来，以致达到“十分天下之财，而佛有七八”的程度。由于佛门僧尼凭借皇帝的支持和扶植，巧取豪夺，不仅触犯了地主和贵族的利益，而且极大地影响了国家的财政收入，寺院经济逐渐与皇权利益严重对峙。在这种可怕局面下，佛门僧尼又不廉洁自律、谨慎行事、一心事佛，而是迷恋咒术、烧炼、鸟文等邪术，有的僧尼犯淫养妻，不守戒行，甚至抢劫妇女，打砸烧掠，流氓成性，犯罪不止……这些自毁形象的表现和庞大的经济势力，在使朝廷和贵族阶级感到不安和憎恶的同时，也到了非彻底解决不可的时候了。

自会昌四年（844年）开始，唐武宗进一步加快了毁佛的步伐，法难之中，法门寺的厄运也随之降临了。

这年三月，唐武宗在敕令“焚烧经教，毁拆佛像，起出僧众，各归本寺”的同时，又敕令：代州五台山、泗州普光寺、终南山五台寺、凤翔府法门寺，寺中原有佛指节，皆不许置供及巡礼等，如有人送一钱者，脊杖二十。如有僧尼等，在前述处受一钱者，脊杖二十。诸道州县如有送供者，当处捉获，脊杖二十。于是，四处灵境，绝人往来，无人敢再送供。准敕勘责彼处僧人，无公验者，并当处煞，具姓名闻奏。

唐武宗对法门寺等灵境采取的措施，说明法门寺作为一所宫墙外的内道场，依然具有皇家寺院的资格与名分。既然是皇家寺院，在一般情况下是不允许因公扰僧

◎ 降魔图

的。但在“会昌法难”中，法门寺的这种特权被取消了。特权一旦被取消，它的厄运和其他寺院一样，在一年之后将全面降临。

以往的唐代都城长安长生殿设有内道场，专门安置佛像佛经，并抽调两街诸寺高僧37人，轮流入内持念。而这次武宗竟下令焚烧全部经教，拆毁佛像，并将在大内的僧人驱逐回本寺，道场之内改放道教始祖老子之像。

这年六月的寿诞日，唐武宗只召道士而不再召僧人入内论议，并敕令僧尼不许街里行、犯钟声，如有外出者，须于钟声未动前返回。各处僧尼不得在别处寺院留宿，违者治罪。

同年七月，唐武宗颁发敕令，拆毁天下山房、兰若、普通佛堂、义井、村邑斋堂及不入寺额者，其僧尼均勒令还俗。按照有唐一代的称谓，凡由官府所批并赐僧众名额者为寺，由私人或民众共同建造的佛庙称为招提、兰若、野邑、山房等等。此敕令颁发后，仅长安城内就毁掉私人佛堂300余所，四方之内毁掉的就无法计算了。

同年十月，唐武宗又诏令，拆毁天下小型佛寺，经文佛像移于大寺，各寺大钟转送道观。其被拆佛寺的僧尼，不依戒行者，不论老少一律还俗，遣回本籍。对于年老且精于戒行者，分配到各大寺，虽有戒行而年少者，也一并还俗回籍。这一次，长安城又拆小寺33所，其他城乡拆毁庙宇更是不计其数。

唐武宗和佛教的短兵相接，并对佛教施以最为严厉的屠灭，在会昌五年全面展开了。

这年三月，唐武宗敕令天下寺院不得设置庄园，并令盘查清点天下寺舍的奴婢和财物，京城诸寺由两军中尉勘检，诸州府寺舍委令中书门下检查。同时将城中寺舍的奴婢分为三等，分别收遣。自四月一日起，年龄在40岁以下的僧尼，尽行勒令还俗，返还原籍。于是，长安城每天约有300多名僧尼还俗，直到十五日才暂告一段落。自十六日起，令50岁以下的僧尼还俗，至五月十日方止。自五月十一日起，令无度牒者还俗，最后勒令有度牒者亦须还俗。到五月底，长安城内的僧尼已是一扫

而光了。本土的佛僧不再存在，对于外国来的胡僧，唐武宗同样作了驱逐的诏令，凡无词部牒者，亦须还俗，送归本国。如有不服还俗敕令者，朝廷在各佛寺大门上张贴的牒文是："科违敕罪，当时决杀。"

唐武宗认为，由于全国的和尚数量越来越多，寺院遍布，不仅在修建中要耗费很多的人力、物力和财力，而且大量金银财宝都流入寺院。与此同时，僧徒们又与官府勾结，害人坏法，威胁国家安全，不予以打击，大唐王朝就难以稳定和巩固。在武宗发动的一系列灭佛运动中，全国共有4600座佛寺被毁，其他有关佛教建筑被毁4万余座，勒令还俗的僧尼达26万之多，没收寺院土地数千亩、财产无以计数，收寺院奴婢为两税户达15万人。

"会昌法难"给佛教带来的毁灭性打击远不止这些。考古人员在法门寺地宫中发现的《咸通启送真身志文》碑则进一步说明，这次法难其惊心动魄是难以想象的。其碑文载：

洎武皇帝荡灭真教，坑焚具多，衔天宪者碎珍影骨，上以塞君命，盖君子从权之道也。缘谢而隐，感兆斯来。乃有九陇山禅僧师益贡章闻于先朝，乞结坛于塔下，果获金骨，潜符圣心，以咸通十二年八月十九日得舍利于旧隧道之西北角。

这段碑文的大意是，"会昌法难"中，唐武宗曾敕令毁碎佛指骨舍利，但受命者却只是毁碎了佛骨舍利的影骨（仿制品），搪塞过去。而那真正的佛骨却被秘藏起来，至咸通年间才在旧隧道的西北角处找到。

这看似简短、平淡的文字，若细一琢磨，便不难发现其中暗含的一幕幕惊心动魄、刀光剑影的故事。一个个悬念促使我们去作一番寻根问底。首先是唐武宗

对谁下达了要毁灭佛骨的命令？受命者是怎样来到法门寺的？法门寺僧众又如何得知了这个消息？这影骨是以前制造的，还是地宫被打开后现场制造的？“碎珍影骨，上以塞君命”的主谋者，是朝廷派来的官员，还是法门寺僧人？或者双方共同密谋？不管怎样，法门寺地宫发生的事变，主谋者和参与者是冒着杀身的危险而发动的，倘有半点闪失，无数人的头颅将要落地，真身佛骨也将毁于一旦。尽管从后来的发掘中可以看出，当时法门寺地宫的大多器物——甚至包括地宫石门都遭到了大劫，但那枚释氏的真身佛骨却安然无恙，这不能不说是世界佛教界和整个人类的幸事。

1987年4月28日深夜，当考古人员韩金科呼叫打开照明灯，从地宫的西北角一个隐秘的地方搬出一个宝函时，那枚在“会昌法难”中劫后余存的释迦牟尼真身指骨舍利就躺在里面，志文碑记载的内容被现实所验证。当然，那时的韩金科和考古人员还不知道这个重大发现，要等谜底揭开，还需一些时日。

“会昌法难”使法门寺同全国各地的寺院一样，遭到了殿宇被拆、地宫被毁、僧尼还俗、佛教经典湮灭散失的厄运——这是唐代乃至整个中国佛教发展史中所受到的最为严重的一次打击。这场“法难”，从表面看来是由于武宗信仰道教，加之道士赵归真等人趁机怂恿鼓动所造成，但实际上则是佛教势力和大唐朝廷势力之利益矛盾冲突的总爆发。任何事物，超过一定限度，即向相反的方向发展。佛教势力的过分膨胀，导致了灭门之灾，而朝廷势力过分地打击佛教，对大唐的统治也极为不利。双方在冲突中的过分行动，则又预示着必然要有一个大的反复和重新解决矛盾的开端。

◎ 宝塔中所藏铜佛造像

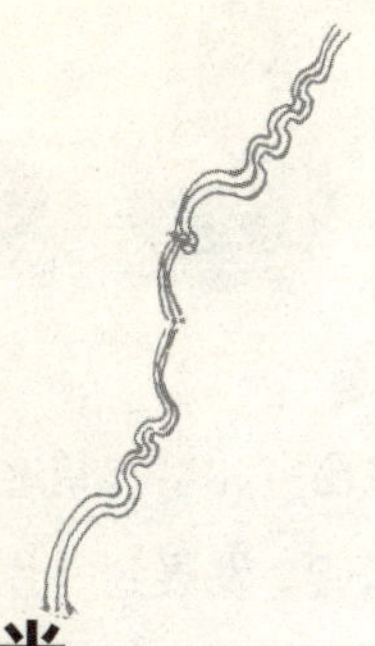

最后的圣光

◎ 云岗石窟第20窟大佛

会昌六年（846年）三月，当毁佛行动还在进行之时，唐武宗便因服食赵归真等人供奉的仙药暴疾而死，其叔父李忱继位，是为唐宣宗。唐宣宗即位后，立即诛杀鼓动武宗灭佛的道士赵归真、刘玄靖等人，并于当年五月下令恢复京都寺宇。

大中元年（847年）闰三月，唐宣宗再次下诏："会昌季年，并省寺宇，虽云异方这教，无损致理之源。中国之人，久行其道，厘革过当，事体未弘。其灵山胜境、天下州府，应会昌五年四月所废寺宇，有宿旧名僧，复能修创，一任住持，所司不得禁止。"

敕令颁布之后，各地方寺宇开始全面恢复。由于佛教的复兴，其他各个方面都一反常态，朝着有背于会昌一朝的方向发展，并从一个极端走向另一个极端。这一反复，使国家本来处于虚弱之态的财政蒙受了巨大损失，整个大唐王朝也被折腾得步入衰途。

唐宣宗掀起的崇佛热潮，愈演愈烈，愈演愈狂，逐渐脱离了佛门的正常轨道。长安城内的大寺院，如慈恩寺、青龙寺、荐福寺、永寿寺等已开设"戏场"，戏场的活动有乐舞、俗讲、歌舞小戏、杂技魔术等诸种。此时的寺院变成娱乐场，犹如今天的夜总会。

唐宣宗本人不仅亲往戏场，后妃公主也时常前去寻欢作乐，许多妃嫔公主在

戏场同僧人眉来眼去，有的甚至勾搭成奸，在寺院秘室和皇宫禁地做男欢女爱之事。不到几年的时间，整个寺院就由冷清凄惨的景观，发展到一片淫秽污浊之气充塞整个殿宇的地步了。

宣宗在位没有几年便魂归西天，接替其位的便是以迎奉法门寺佛骨出了名的懿宗李漼。这位新任天子，在奉佛的问题上，比之他的历代先祖有过之而无不及。自他即位开始，便内结道场，聚僧念诵，并多次行幸寺院，大量布施财物。对于这位皇帝超常的举动，许多臣僚起来劝谏，希望其有所收敛，但他依然充耳不闻，我行我素。

咸通三年（862年），又有左散骑常侍萧仿上疏，劝谏皇帝远避佛事，勤理朝政，并指出："昔年韩愈已获罪于宪宗，今日微臣固甘心于遐缴。"而这位皇帝不同于他的祖先的是，对上表者既不贬官，也不斥责，只是当做压根就没有这个人和这上表之事。他照样潇洒大方地敕命于两街僧尼四寺各置方等戒坛度僧，并在大内经常以美味佳肴招待成千上万的僧人，他本人还亲自制作赞呗。每年遇到佛祖降生日，唐懿宗便敕令在宫中大肆庆贺，结彩为寺，宫廷伶人李可及"尝教数百人作四方菩萨蛮队"，"作菩萨蛮舞，如佛降生"。而咸通十四年举行的迎奉佛骨活动，使这股宫廷崇佛的热潮升到极致，佛教在大唐王朝也显现了最后一次辉煌。

当大唐历史进入懿宗一朝，已是老态毕露，余日无多。藩镇势力的急剧扩张，南蛮、戍卒的不断反叛，苛捐杂税的日益增多，民众反叛情绪的日趋高涨，使一个雄踞东方长达三个世纪的封建帝国走向衰亡。

咸通十四年（873年），懿宗在内外交困中身患重病，他迫感来日不多，便将国家前途和自己的命运交给佛祖，希冀得到神灵的保佑和自身的解脱。这年三月二十二日，唐懿宗亲派供奉官李奉建、高品彭延鲁和左右街僧众到法门寺迎奉佛骨。朝中百官闻讯纷纷上疏劝谏，有的竟提出当年宪宗迎奉佛骨误国害民，自身

不久晏驾之事。但懿宗决心已下，毫无收回敕命之意，并当着诸多臣僚面，说出了令人无可奈何的话："但生得见，殁而无恨也！"由此可见这位皇帝对佛骨已迷狂到怎样的程度，对大唐帝国的前途和自身的能力是怎样的悲观和无可奈何。

这次迎奉佛骨的场面历史记载较为详细，其中《杜阳杂编》这样记述道：

咸通十四年春，诏大德僧数十辈，于凤翔法门寺迎佛骨。百官上疏谏，有言宪宗故事者，上曰："但生得见，殁而无恨也。"遂以金银为宝刹，以珠玉为宝帐、香舁，仍用孔雀氄毛饰。其宝刹小者高一丈，大者二丈。刻香檀为飞帘、花槛、瓦木、阶砌之类，其上遍以金银覆之。舁一刹，则用夫数百。其宝帐香舁，不可胜纪。工巧辉焕，与日争丽。又悉珊瑚、玛瑙、真珠、瑟瑟，缀为幡幢。计用珍宝，不啻百斛。其剪彩为幡为伞，约以万队。

四月八日，佛骨入长安。自开远门（入）安福楼，夹道佛声振地。士女瞻礼，僧徒道从，上御安福寺，亲自顶礼，泣下沾臆。即召两街供奉僧，赐金帛各有差。而京师耆老，元和迎真体者，迎真身来，悉赐银碗锦彩。

长安豪家，竞饰车服，驾肩弥路。四方挈老扶幼。来观者，莫不蔬素，以待恩福。

时有军卒，断左臂于佛前，以手执之，一步一礼，血流洒地，至于肘行膝步、啮指截发（者），不可算数。又有僧以艾覆顶上，谓之"炼顶"。火发痛作，即掉其首，呼叫坊市少年擒之，不令动摇，而痛不可忍，乃号哭卧于道上，头顶焦烂，举止苍迫。凡见者无不大哂焉。

上迎佛骨入内道场，即设金花帐、温清床、龙麟之席、凤毛之褥，焚玉髓之香，荐琼膏之乳，皆九年诃陵国所贡献也。

……是岁秋七月，天子晏驾。

《资治通鉴》载：

……四月，壬寅，佛骨至京师，导以禁军兵仗、公私音乐，沸天烛地，绵亘数十里，仪卫之盛，过于郊祀，元和之时不及远矣。富室夹道为彩楼及无遮会，竞为侈靡。上御安福门，降楼膜拜，流涕沾意，赐僧及京城耆老尝见元和事者金帛。迎佛骨入禁中，三日，出置安国崇化寺。宰相已下竞施金帛，不可胜纪，因下德音，降中外系囚。……十二月，己亥，诏送佛骨还法门寺。

如果把这两段记载组接起来，便可看到懿宗迎奉佛骨的全部过程。他沿袭唐高宗与武后两次迎奉佛骨的盛况，又在此基础上作了前所未有的发挥和创造。诸如导以禁军兵仗、沿途二百里道旁垒设香刹等等，都是闻所未闻的，所耗费的人力、物力、财力更是无法计算。深为后人铭记的是，懿宗皇帝在城楼上看到迎来的佛骨舍利宝函，竟激动得流下了热泪。可以想象，此时的大唐皇帝一定是百感交集，希望、理想、痛苦、焦灼、幸福、欣慰……这一切都由一股热泪表达出来。遗憾的是，懿宗皇帝最终所渴望的祈福延寿没能实现，甚至连佛骨都未来得及送回法门寺，就一命呜呼了。这个结局怎不令人扼腕叹息。

让后人感到不可思议的是，在大唐咸通十五年正月初四日，新即位的天子僖宗李儇匆匆下诏将佛骨送还法门寺时，随之供奉的金银宝物其数量和精美程度都极为惊人。多少年后，当考古人员打开法门寺地宫时，发现的财宝中，有120多件是懿宗、僖宗两朝的供品。尽管由于懿宗的溘然长逝，使迎奉活动明显地具有了悲剧色彩，但众生们所表现出的炽热的宗教情感不但没有减弱，反而得到加强。可能由于他们从自身的苦难和朝廷的危急

◎ 观音菩萨坐像

中，预感到一种不祥的征兆和改天换地的迫在眉睫，才出现了“京城耄耋士女”争相送别，呜咽流涕的场面，才有了“六十年一度迎真身，不知再见复在何时”的悲怆之问，才有了整个大唐帝国回光返照式的妄举。事实上，就在僖宗送佛骨于法门寺的30多年后，在中国历史上风云近300年的大唐王朝灭亡了。

随着唐末社会更大的动乱以及后周王朝的第四次禁佛运动，盛极一时的法门寺彻底衰败了，那埋藏着无数奇珍异宝的法门寺地宫，也渐渐在人们的记忆中消逝。待它重新得到开启时，历史已过去了一千多个春秋。

"西府王"的兴灭

◎ 鎏金三钴杵纹臂钏

唐朝末年，战火纷飞，而法门寺不仅未遭毁坏，反而大兴土木，扩大规模。算其功德，全在李茂贞一人身上。

李茂贞，深州博野（今河北）人，本姓宋，名文通，原为李克用部将，镇压黄巢起义后附唐，以功自队长升为军校。光启元年（885年），藩将朱玫反，唐僖宗被迫逃至兴元（今陕西南郑），宋文通又因护驾有功，由扈跸都头拜武定军节度使、检校尚书左仆射、洋州刺史等，并被唐僖宗李儇赐姓名李茂贞。扈跸东归，途中再受命攻杀叛将李昌符，又以功拜检校司空、同平章事，兼凤翔尹、凤翔陇右节度使。成为节度使的李茂贞，诡诈狡猾，能软善硬，恃强凌弱，放任官兵迫害百姓，致使军无纪律，官无德行。如此一帮弱肉强食的乌合之众，之所以能够以凤翔为大本营，以宝鸡地区为中心，横行西部37年之久，就在于李茂贞本人是个善变投机的老手。

从法门寺的碑文中可以看出，李茂贞得势后，摆出一副大慈大悲、救苦救难的姿态，在近二十年中，几经修复法门寺这座古刹"灵境"，见诸碑文记载的有：

天复元年，施相轮塔心堂柱方一条。

天复十二年（后梁乾化二年，912年），浇塔修复阶舍二十八间；至十三年工讫，主修人为旧寺住持宝真大师和赐紫沙门筠等。

天复十四年（后梁乾化四年，914年），又修复寺宇至少十八间、两天王像两铺，塑四十二尊贤圣菩萨，画西天二十八祖兼题传法记及诸功德，并皆彩绘毕。

天复十七年（后梁贞明三年，917年），造八所铜炉等，并于塔内外塑功德八龙王。

天复十九年至二十年（后梁贞明五年至贞明六年，919—920年），盖造护蓝墙舍四百余间，又甃塔庭两廊讲所等。

天复二十年开始，修塔上层瓦，历三年而完成，达到了“穷华极丽，妙尽罄能，斤斧不缀于斯须，绳墨无亏于分寸”的佳境。

在修复法门寺期间，李茂贞“昼夜精勤，躬亲缮葺，不坠祇园之教，普传贝叶[①]之文”。他分别于天复十九、二十年四月八日佛诞日，遣功德使李继潜和僧录明口大师、赐紫沙门彦文、首座普胜大师、赐紫沙门寡辞分两次施梵筴[②]《金刚经》一万卷，十方僧众受持于塔前。

从李茂贞对法门寺旷日持久的修复来看，“会昌法难”和唐末战乱，确是给法门寺以重大破坏，尽管早在懿宗迎佛骨时，于咸通十五年“诏凤翔节度使令狐绹、监军使王景珣充修塔寺”，但远未能恢复寺宇的本来面貌。以致在相距三十年后，李茂贞又不得不大兴土木进行修复。当然，这次修复不是一般意义上的修残补旧，而是几近重建。从碑文仅存可辨的数字来看，修复面之广、工程量之大、时间之长不能不令人震惊。诸如盖造护蓝墙舍四百余间，以边长各百间、每间四米计，该寺院的面积已达十六万平方米。即使如此，也未能恢复到唐代的原有规模。这次对寺宇的修复，重点是放在真身院内，仅就这一小区域而言，基本上再现了盛唐的风貌。而从记载的施梵筴《金刚经》一万卷及十万僧众于塔前受持的情况看，李茂贞已把法门寺当成他所控制政权的“国寺”，加之这个政权的政治中心又设在凤翔，法门寺的佛事之盛又显出了往日的繁华，其弘法的重点可能转移到密宗金刚界法一面，目的似在以弘扬密宗佛教，为李茂贞本人及其政权祈福消灾，以便在乱世中延生长命并立于不败之地。佛教与政治的密切关系再次清晰地反映出来，可惜的是，这个独立的政权仅存活了二十年便夭亡了。

① 贝叶：贝多罗树（一种阔叶棕榈树）之叶片的简称，后泛指一切佛教经典。古印度人不谙造纸之法，其流通佛经的方式，系将经文刻写在贝叶上。

② 梵筴：又称梵夹、梵箧、经夹，即贝叶经。

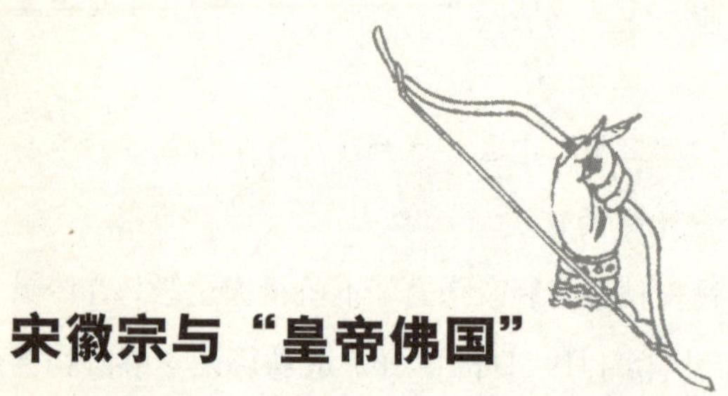

宋徽宗与“皇帝佛国”

◎ 贴花盘口琉璃瓶

此后又经历了周世宗的第四次灭佛，终于到了比较亲近佛教的宋朝。建隆元年（960年）六月，宋太祖赵匡胤即位不久，便颁布诏令：凡在周世宗时所废还未毁的寺院，立即停止毁禁，并着手修复。已经拆毁的寺庙，所遗留下来的佛像要妥善保存，并用金字、银字书写佛教经文。

在宋太祖保护佛教的政策下，仅建隆元年便在全国剃度僧尼8000人。紧接着，宋太祖又派行勒等157人前往印度求取佛法，大力弘扬佛教。

法门寺内至今尚存的宋代刻碑有二方，一为太平兴国三年（978年）的《法门寺浴室院暴雨冲注惟浴镬器独不漂没灵异记》，二为庆历五年（1045年）的《普通塔记》。此外尚有碑虽佚而文已著录或见于目录的有《买田地庄园记》、《灵异记》等近十方。其中《灵异记》、《买田地庄园记》、《普通塔记》都从不同的角度反映了法门寺在北宋前、中期的佛事盛况。如《灵异记》载：

寺之东南隅有浴室院，或供会辐凑，缁侣云集，凡圣混同，日浴千数，洎百年已还，迨于今日，檀那[③]相继，未尝废坠。

③ 檀那：佛教称谓，指佛门中人对布施者的称呼，即俗称的“施主”。

◎ 阿弥陀佛接引图

这段碑文表明，仅供会日前来浴室院就浴的僧俗就日有千数，那么，如果将没有就浴的人算在一起，就不仅仅是个千数的问题了。可见当时法门寺对僧俗的影响依然很大，否则，怎会那么多人在此就浴？从百余年来未尝废坠一语来看，这种盛况是带有连续性和持久性的。这一推断，还可在《普通塔记》中得到证实。记中载道：

重真寺天王院沙门智颙……复常悲其寓泊僧骨弃露零散，乃于寺之南城外不尽一里募施，掘地为圹，際水起塔，出地又丈余，砖用万余口。既成，近左收据得亡僧骨仅四十数，于庆历二年二月二十一日夜建道场，请传戒师为亡僧忏罪受戒。塔顶开一穴，以备后之送骨……令智颙师……作普通塔，使游方之徒来者、未来者死悉有所归，其用可嘉也。

这段碑文的意思已表述得很清楚，即在普通塔修建前后，前来法门寺瞻礼的游方僧很多，死于此处的亦不在少数。如此众多的人在此处死去，可见这时的法门寺是怎样地出类拔萃，又具有怎样的感召力。依次还可推断的是，唐末时期李茂贞重修的寺字，破坏性当为不大，而这个时期唐代二十四院的规模亦应基本保留了下来。

法门寺具有如此大的寺院和如此多的僧众，其经济上的开销从哪里来？以怎样的经济形式支撑着寺内法事的正常运转？这诸多的设问，恐怕要从三个方面来回答。一是朝廷的拨款，再是前来朝拜者的施舍，而最为重要的可能是寺院拥有的土地。

北宋一朝共历九帝168年，除第八帝徽宗一度排佛外，其余各帝皆推崇佛法。令人奇怪的是，宋徽宗的排佛没有在法门寺史志上留下一点痕迹，相反倒是有一段关于这位皇帝亲临寺院朝拜的故事流传下来。在可查的《扶风县志》、《关中胜迹图志》中，法门寺的条目之下，竟出现了“宋徽宗尝有赞，又手

书‘皇帝佛国’四字额于山门”的记载。其实，这“皇帝佛国”四个字是否是宋徽宗来法门寺所题，实属一桩疑案。

继宋、辽之后，就金、元时期的法门寺而言，基本保持了平稳的过渡时期，没有遭受大的洗劫和毁坏，亦未有发展壮大之势。

继金、元之后，大明王朝的历史车轮继续向前滚滚推碾。

崇祯八年（1635年）八月九日，高迎祥、李自成农民起义军先头部队兵临扶风县城，很快将这座西府重镇围了个水泄不通。法门寺再度面临战火的袭扰。

当此之时，正值饥民蔽野、蝨贼成精，关中大地上流寇横行，打家劫舍随处可见。百姓苦不堪言，稼穑荒芜。这天，高迎祥领兵进驻法门寺，四方百姓多闻讯弃家逃跑。高迎祥驻兵妥当之后，自己独自一人到街上查访民情，只见家家户户空无一人，他心里甚为不安。便立即命令兵牢，严守纪律，爱护百姓，并亲自到法门寺各大街口找寻过路之人，用以安抚百姓，申明大义。

在法门寺街上，过街楼附近，住着一户姓汪的穷苦人家，由于饥荒，这家人仅剩一位卧床不起的老母，还有一对哥俩。哥俩一个十五岁，一个十七岁，母子三人相依为命。哥哥汪守仁，为人老实本分，每日只是田间劳作，眼下禾稻已旱枯，再劳作也无补于事，只好回到家里整日愁眉不展；弟弟汪守义，倒长得虎虎生气，好似天旱无粮于他没多大影响。他们倾尽家产求医问药，多无效果。后来听说法门寺来了一位郎中先生，便请来为母亲诊脉配药，那老郎中三指把脉之后，说：“老人家得的是一种出水病，火候就在今日，若水出来，老人家就会病愈，若水出不来，则会身亡。”

真是草从细处折。就在这天，高迎祥领兵进入法门寺，大街上人大多逃走，只有这兄弟俩在家侍奉老母。约莫半日光景，兄弟俩闻听街上没有了什么响动，哥哥汪守仁便对弟弟说：“这队伍可能已去远了，你在家照看母亲，哥哥出去弄些吃的回来。”说罢他便出了门，但没走多远，就被哨兵发现并抓住，这哨兵正为抓不到人而着急呢，心想，该邀功请赏了。一把将汪守仁抓住，就要举刀开杀戒。汪守仁未料到找吃的食物竟碰上个瘟神，他吓得直哭。弟弟在家里听见

哥哥哭，就跑出来看个究竟。见此，便上前给哨兵求告："老哥，你杀了我吧！他是我哥哥，因我家里还有卧病不起的老母，你留下他，杀了我，好让我哥哥活着侍候老母。"

汪守仁说："不，弟弟比我孝顺，就杀了我，留下我的弟弟。"这哨兵好不惊奇，心想，天下哪有这等事，争着去死。于是，举刀将兄弟俩全杀掉了。

却说两兄弟的母亲，因出水病发作，高烧过度，一直处在昏迷之中，无人照料，不久气绝身亡。

哨兵杀了两兄弟，立即赶到高迎祥处，禀报自己的功劳。本想请功，孰料高迎祥勃然大怒，骂道："嘿，我是来关中访贤的，你却乱杀人，把我的贤人杀了！"当下便命士兵将这个哨兵捆起来，他则亲自到街道上寻访百姓。在法门寺街北门口，碰到一个正在逃跑的老头，高迎祥上前拦住老人道："老伯，不要怕，我叫高迎祥，是队伍的首领，刚才我的部下杀了两个百姓，我甚为痛心，这都怪我管教不严，请您将街上的人都叫回来，我向大家讲几句话。"老人一听，方知是高闯王的队伍，早闻知这支队伍与众不同。他站到城门楼上喊："喂，都回来，这是支好队伍，不拿咱的东西。"听到老人呼喊，人们三三两两回来了，向前靠近。傍晚时分，乡亲们都回来了，高迎祥登高见天色不早，就说："请乡亲们先回家，明天早上来这儿集中，大家不要怕。"

这一夜，高迎祥失眠了，面对部下急功近利，私杀无辜以冒充敌人数字请赏，他备感痛心，难以向关中父老交待。为重新赢得广大百姓的心，高迎祥决定将进驻法门寺街的一营军卒全部就地斩首，向汪氏兄弟抵命，以悔罪责。

第二天清晨，高迎祥命人早将一营军卒列队集合在法门寺山门前，那名杀人的哨兵被五花大绑，押在最前边。待百姓们聚拢而来，高迎祥双手抱十作揖，然后凄婉地说："我高迎祥起兵榆林，是曾做过土匪，可现在我的队伍早已成了咱老百姓的军队，除暴安良，杀富济贫。不想我的这名部下杀死了咱们街上的两兄弟，邀功诓赏，实为罪责难赦。为表诚心，我决定为死去汪家兄弟树碑立牌，以示纪念。同时，我愿以我这一营士兵向汪家兄弟偿命。"言毕，他挥笔写下"兄弟争死处"的五字牌匾，命人将匾悬挂于法门寺街道的过街楼上。

紧接着，便要下令处死自己的一营兵卒。此时，法门寺街上男女老少早已被他的仗义豪侠的气质所感动，哗啦跪倒一大片，为一营军卒求情。有年长者言道："人死难以复生，汪家兄弟既已身死，将军的胸襟想必早感动了他们的魂魄，若要处置，将杀人者一人处死即可，千万不要杀了全营兵士。"高迎祥热泪盈眶，他扶起老者，痛心疾首地说："大家请起，我主意既定，决难再改。"当下命令手下偏将执行命令。

瞬间，百姓们慌了手脚，大家一齐往前拥挤，抱住众杀手的手，泣泪飞溅。法门寺山门前，顿时哭声一片。

无奈中高迎祥亲自动手。他拔剑在手，飞起一个旋风圈，早将一营兵士头颅掠于地上……时值深秋，天渐渐凉了，但一营士卒的血腥，却在空气中浸漫。

事后，百姓们自发组织，挖就一个大土坑，将军卒们的尸体掩埋。

住在法门寺附近的几位百岁老人，至今仍可清晰地忆起高迎祥所立的"兄弟争死处"的牌匾，说其一直高悬在法门寺街的过街楼上，"文化大革命"时，这道牌匾才被毁坏，那湮埋一营兵士的大墓冢，也一直保存至"文化大革命"前。

法门寺一如我们的悲苦多难的民族一样，经历了明末的战火，终于走向了另一个时代——大清三百年。

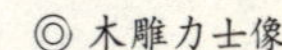
◎ 木雕力士像

公元1653年，即清世祖爱新觉罗·福临顺治十年，扶风人党国柱重建法门寺钟鼓楼、大雄宝殿和卧佛殿。

公元1654年，清顺治十一年六月初九，大地震，法门寺塔身受震向西南倾斜。

公元1769年，清乾隆三十四年，全国政治经济文化中心早已东移数百年之后，法门寺少了战乱的滋扰。政府与百姓齐心，将法门寺塔地震残损部分修复。但是，沉溺于下江南秦淮弄月的乾隆皇帝，却不可能将国民的心境引向西北，弘扬事佛的辉煌。

终于在公元1862年，清末同治元年正月，回民在西北卷起千群白帽起义，法门寺被攻占，并毁于大火。

时间继续推移。到了民国初年，甚至出现了军阀觊觎法门寺珍宝的事件。据查考，军阀樊老二、刘富田、张白英等，都曾在法门寺屯驻兵卒。樊老二等早已对传说中的法门寺珍宝垂涎三尺，他曾在此用帆布围住宝塔塔基，并派岗哨将周围一公里之内戒严，如同盗掘清东陵的大盗孙殿英一般，在宝塔周围肆意滥挖，但一连数日，终无所获，这才悻悻而去。

就如同一位年迈沧桑的老人，法门寺在民国时期，步履维艰地踽踽独行。在坎坷的长路上，他遇到了朱子桥这样一位好心人的搀扶，得以延续生命，等待涅槃。

1948年，中国共产党西北野战军司令员彭德怀亲自指挥“扶眉战役”，人民解放军的“八一”军旗胜利掠经佛门圣地，至此，如一个民族沉重的历史一样的法门寺，开始了一个历史新纪元。

◎ 引路菩萨(局部)

7

「佛骨面世」

佛指舍利安在

当1987年4月28日深夜，韩金科在探照灯下，将匿藏于地宫西北角的一个神秘的毹笼挖出之后，地宫的贵重文物基本清理完毕。第二天，在韩伟的指挥下，王占奎、白金锁、党林生等人将笨重的灵帐须弥座吊出地宫。从灵帐内题刻得知，灵帐为武则天时代著名的唐代高僧法藏所造。须弥座下的禅床为南北两部分组成，南半部分成4块，北半部为3块。从下午开始，禅床南北两部分全部吊出中室，禅床底部的铜币也一一清理出来。当这一切相继完成后，考古队员又对中室地面进行了钻探，并由此得知地宫铺石下面为夯土，夯土30厘米以下便是生土，这个现象说明，中室地下再无文物埋藏。

至此，为期两个多月的法门寺地宫田野清理工程宣告结束。考古人员从此转入了室内清理阶段。差不多在这前后，地宫出土的文物已陆续转移到扶风县博物馆（原文庙）大殿及两厢内，以供室内清理之急需。

1987年5月4日，考古人员在经过短短几天

◎ 素面盝顶银宝函

的休整之后，又开始新的工作。为使室内清理工作顺利进行，考古人员进行了重新调整和分工。由韩伟为业务总负责，张廷皓为行政总负责。另外，划分了5个专业小组，分别负责金银器与丝绸、杂器等提取工作。

当这一切安排就绪后，考古人员便投入了繁忙而具有科学意义的室内清理工作。

从下午3点开始，考古人员在后室依序整理了罂粟纹黄琉璃盘、素面银灰匙、单轮十二环纯金锡杖、素面浅蓝色琉璃盘、鎏金人物画银坛子、八瓣莲花纹琉璃盘。素面椭圆形圈足银盒、四瓣花蓝琉璃盘……

就在考古人员紧张而科学地整理法门寺地宫出土文物时，神奇的天象异兆在古老的周原天地间出现了。

远近闻讯云集于法门寺讲经堂的几十名高僧，连续三个晚上，在凌晨3点多钟的时候，都感到有异样的像雨、像雾、像风、像气的东西向自己身上扑来，使人辗转难寐。有的和尚发现，每到这时，天空便闪现出无数道七色佛光，且约略听到有鼓乐丝竹之声……对于这些风言风语，考古人员总是半信半疑，因为对于世界上到底有

◎ 1987年5月7日发现了第一枚佛指舍利

没有佛灵的显现，法门寺宝塔下的地宫中是否真有神奇的佛指骨，古今不少人均持怀疑态度。纵然有众多佛书记载，人们认为那不过是佛教僧众为了宣扬自己宗教的神圣而杜撰的神话，纵然众多典籍记载有北魏、隋、唐八位圣君亲迎供养，人们认为那也不过是历史上统治者为“愚弄”人民而臆造的假说之类。即使考古人员在法门寺地宫发现了记载佛指舍利的物帐，但对这神秘佛骨的存在仍没有坚定的把握。茫茫尘世，释迦牟尼的佛骨舍利真的存在吗？

◎ 鎏金四天王盝顶银宝函

谜，这才是真正的千古之谜。

据历史记载，珍藏释迦牟尼佛骨舍利最多的南亚次大陆，由于后来强大的伊斯兰教入侵，佛教受到了致命的打击。至13世纪初，作为佛教起源圣地的印度，在伊斯兰教的猛烈冲击下，佛教渐渐消亡。自此之后，南亚地区佛祖舍利保存的情况不为世人所知，有人推断释氏的灵骨已大部或全部销毁散失了。为了证实这个推断的真伪，世界上许多佛教徒和考古人员前来圣地寻觅佛骨。1898年，一位美国考古学家遍踏南亚各地寻找佛舍利，遗憾的是一粒未见。后来他在印度和尼泊尔边境释迦牟尼故乡庇埔拉瓦的一处倒塌的废墟中，从距塔庙3米深的地下，发现了一个当年释迦国王盛装本族所分得的舍利的滑石壶，石壶盖部有铭文，但壶内却无一粒舍利。尽管如此，这位考古学家还是如获至宝，欣喜若狂。这一发现也很快轰动了世界。此后，更多的考古学家纷纷前来南亚各地，希望在这“曙光”的背后有更为惊世骇俗的发现。可惜，纵是让他们踏破铁鞋，佛骨舍利总是不肯显现于世。渐渐地，佛教徒和考古学家们绝望了，南亚珍藏的佛骨舍利看来是真的销声匿迹了。

法门寺地宫的发现及文物的出土，是否意味着人类梦牵魂绕的佛骨舍利就要重见天日？

永生不灭的佛骨舍利安在？

此时，谁也没有确切的把握，谁的心里都装着一份希望。那个祈盼已久的伟大时刻就要来临了——这是公元1987年5月6日的傍晚。

古老的周原大地越发凝重深沉，西方的天际残阳如血，几道火红的云线从黛色的山峦上方四散而出，横贯长空。橘红色的大地与绯红色的苍穹连为一体，形成了一个灿烂辉煌、光焰四射的五彩世界。

艳丽彩霞映照下的扶风县博物馆，正浸染在春夏之交的温馨中。那飞檐斗拱、雕梁画栋遮掩下的石子铺成的小径上，不时划过几缕暖暖的轻风。一位位身穿白色大褂的考古学家无声地穿过一道道武警部队官兵组成的岗哨，秩序井然地进入后院用博物馆展室改造的临时工作间。

从北京专程来到扶风的中国社会科学院历史研究所研究员王抒，这位年届花甲的著名学者，那满头的花发映衬着清癯的面容，原本那沉静、稳重的面容，越发显得肃穆庄严。屋里极静。王抒接过工作人员递过来的雪白的手套，默默地戴在手上，然后来到上铺白布的工作台前。台上放着一个洁白的盘子，里面盛放着镊子、夹子、放大镜、胶带纸、卡片纸、笔等备用工具。

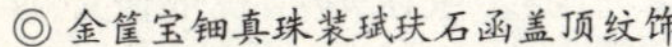
◎ 金筐宝钿真珠装珷玞石函盖顶纹饰

一切准备就绪，王抒端坐在椅子上，望了一眼面前的韩伟。韩伟心领神会地点头示意，身边的工作人员随即捧来

◎ 银宝函盖顶双龙纹图案

一个精致的黑漆檀香木函，放到王矜身前的工作台上。经过一系列详细的观测、研究、分析，考古人员和文物保护工作者，毅然决定在众多急需清理的珍宝中，首先打开这个表面精美华丽、整体极为沉重的宝函——无论是外部的装饰还是整体的重量，它都在向大家宣示着里面那非同凡响的秘密。

这个沉重华丽的宝函意味着什么？

史书上曾明确记载："至显庆五年春，三月，下敕请舍利往东都入内供养……皇后舍所寝衣帐准价千匹绢，为舍利造金棺银椁，雕镂穷奇。"

如果史书记载无误，这个宝函将意味着装有人类梦寐以求的佛指舍利，并和历史上的武则天有必然的关连。

王矜示意摄影师为这只还残留着丝绸残片的木函拍照。因为宝函一旦打开，再也不会有这经一千多年前的古人包裹封锁的函盒原型了。

由于宝函外部曾用红锦袋包裹，王矜只得一丝丝、一片片地揭掉木函上的丝绸残痕，小心地放到早已准备好的白纸板上。于是，宝函的原貌很快显露出来。

这是一尊可谓精美绝伦的黑漆宝函，整身呈正方形，边长为30厘米。雕花银棱略斜，盝顶，通体用檀香木制成，内壁用黑漆漆过，乌黑发亮。外壁四周是描金加彩的减地浮雕，雕刻极为精细。画面上有释迦牟尼的说法图、阿弥陀佛极乐世界图、礼佛图等等各种精美浮雕。只见一幅幅图画生动、形象、传神，细致入微，质朴大方，色彩斑斓，美中见妙，无疑是唐代漆木器中惟一罕见的珍品。

① 护世四天王：佛教金刚名，亦称四大天王。

“太难得了，真是难得一见的木雕礼佛图啊！”几位考古专家不由得赞叹起来。因为大家都知道，敦煌莫高窟中仅是几幅雕刻在石壁上的礼佛图，就让世人为之惊叹不已。而像这种以木为质、画面十分复杂细致、人物花卉生动逼真、雕刻技法超人的礼佛图，非是绘画雕刻大师，是难以达到如此高的境界的。更为重要的是，像这样的木雕礼佛图，在以前的考古发掘中从未发现过。

在宝函的正面，有一鎏金锁扣，上面亮晃晃悬挂着一把小巧玲珑的金锁。耀眼的金钥匙，插在金锁孔内，钥匙上还系着一条红绸。记录、录像、拍照完毕，方才去轻拧那小小的金钥匙。“嚓”的一声，金锁登时弹了起来……考古工作者们将锁和钥匙加以称量，锁重35克，钥匙重9克。

随着王抒教授轻轻地将函盖揭开，一片黄白交错的光芒扑眼而来。里面，是一个比银棱盝顶檀香木宝函略小一点的鎏金四天王盝顶银宝函，它用一条约5厘米宽的绛黄色绸带十字交叉地紧紧捆住。虽逾千年，绸带依然光泽鲜艳，如同新裁，带面上遍布蹙金二方连续金花，绸带尾上还系着数颗乳香粒，解开绸带，又见函外用平雕刀法刻满画面，函顶錾两条并列的行龙，首尾相对，四周衬流云纹；每侧斜面均錾双龙戏珠，底饰卷草；四侧立沿各錾两只迦陵频伽鸟，身侧饰以海石榴花和蔓草。函体四壁分錾“护世四天王①”像：正面是北方大圣毗沙门天王，左面是东方提头赖吒

◎ 石刻护法天王像

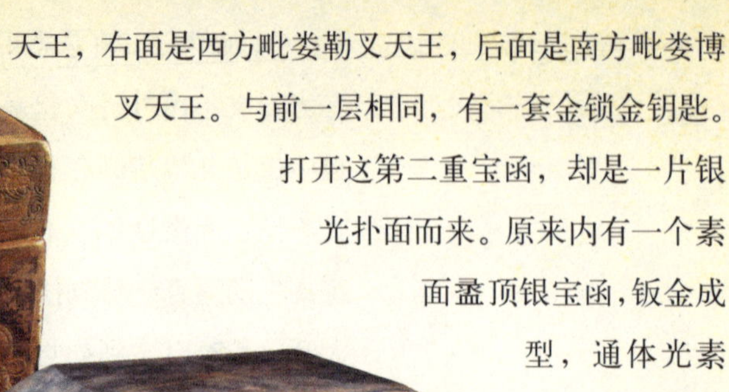

天王，右面是西方毗娄勒叉天王，后面是南方毗娄博叉天王。与前一层相同，有一套金锁金钥匙。

打开这第二重宝函，却是一片银光扑面而来。原来内有一个素面盝顶银宝函，钣金成型，通体光素无纹，盖与宝函体在背后以铰链相连。

再向里揭开一层，是一鎏金如来盝顶银宝函，函顶和四面都镂刻有数尊稳坐莲花宝座之上的佛像。

那鎏金如来盝顶银宝函内，又套着六臂观音盝顶纯金宝函。函盖面上是双凤，盖侧各有四只绕中心追逐的瑞鸟，中为四部圣洁交错怒放的西番莲蓬。函身与函顶交相辉映，雕有数幅圣贤大德佛祖图。正面为一奇妙的六臂如意轮观音图，她坐于莲台之上，两侧有八大侍从供养。函之左侧，为药师如来图；函之右侧，为阿弥陀佛图；函之背面，为大日如来图。

而第六层宝函所带给人的是一片炫目的五彩之光。

② 金筐宝钿珍珠装：中国传统装饰工艺技法。
③ 珷玞：亦作碔砆、武夫，即次于玉的美石。

此为金筐宝钿珍珠装[2]金函。

这重宝函亦为纯金雕铸，上面錾满神异图画，它的十二棱二十条边和函盖、函身镶满各色宝石，红宝钿、绿宝钿、翡翠、玛瑙……函盖顶面和函体四壁有红、绿二色宝石镶嵌成大大小小的团花。连金钥匙的金链带上，也用三色宝石镶嵌着玲珑团花。真乃浮光耀眼，一派仙宫极乐才有的珍奇境界。

第六层宝函内，装着金筐宝钿珍珠装珷玞[3]石函。它以珷玞石琢磨而成，盝顶，通体嵌饰珍珠，函身四面均用绿松石各镶两只美丽的鸳鸯和花卉。高11厘米，长宽各7.3厘米。精致的雕花金带为边，晶莹透亮的石板，真乃金镶玉砌。

没有人会更深一层提前想象到，第七层宝函内，竟会装一巧妙精绝、登峰造极的小金塔，这件高7.1厘米的宝珠顶单檐四门金塔，飞檐高翘，金砖金瓦层层逼真，塔身四壁刻满人物画，且有四扇可以开合的小金门。金塔座上，有一小银柱，仅2.8厘米高，盘口细颈鼓腰，喇叭口径处雕有十二朵如意云头，鼓腰上二平行线连为四组三钻纹杆状十字团花，衬以珍珠纹，腰底为莲瓣形，银柱托底也呈八瓣莲花状。间以三轮纹，柱底还有一墨书小字“南”。

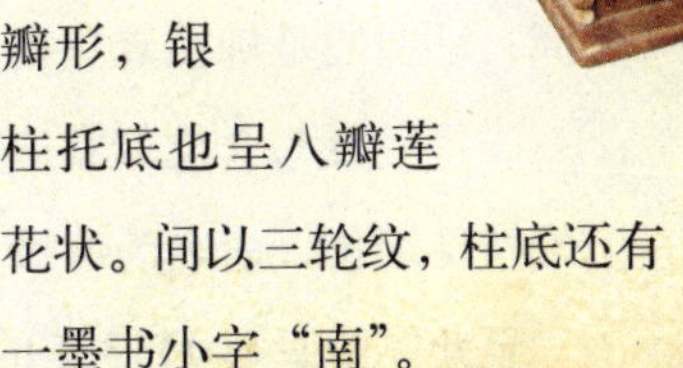

◎ 七重宝函

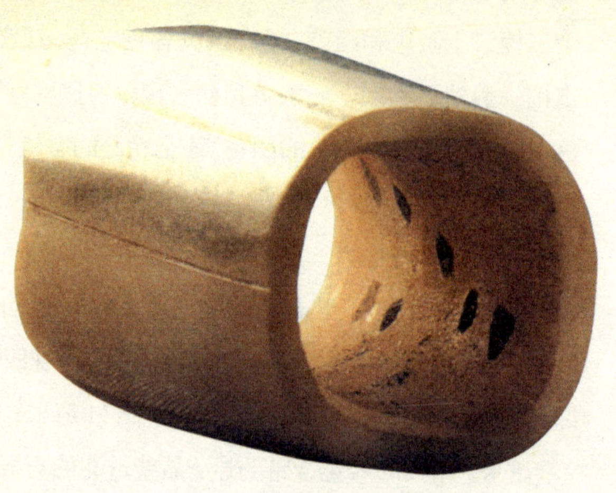

◎ 第一枚佛指舍利骨腔内的北斗七星座

就在这根小银柱上，套着一枚偌大的指骨。

“啊！佛指！佛指舍利！”整个发掘场面像炸开了锅。人们狂呼。守候一旁的法门寺住持澄观法师第一个敲起了木鱼，诵经念佛！

王亚蓉教授强按激动的心情，将这枚佛指一测量，重16.2克，高4.03厘米，上粗1.75厘米，下粗2.01厘米，上齐下折，色白如玉少青，三面俱空，一面稍高，骨质细密而泽，中空管状，髓穴方大，上下俱通，二角有纹，纹并不彻。日光灯下，似有灵性异彩。更为神奇的是，在高倍放大镜下，发现外壁有隐隐的微细血管，内壁有七颗排列成“勺”形的小星组成的大熊星座。

专家们将它和物账碑文反复对照勘验，与记载完全相同，证明它是佛祖真身指骨无疑。

王抒教授与众位专家商议，按照指骨在中外考古史上的特殊地位，命名为特级一号。

至此，隐真容1113年的历史之谜终于在20世纪80

年代揭开。中国考古工作者以无比荣光，给世界佛教史添上了灿烂的一束重彩。

十分奇妙的是，此时正好银河当空，深青色的天幕上星光辉映，大熊星座正南！

人们手腕上的各式手表指针，正好指向1987年5月7日凌晨1时15分！

深深舒了一口气的王抒 教授回过头问：“今天几日？”大家一查：“5月7日，古历四月初八，四月初八，这四月初八，正好是佛祖释迦牟尼诞生的日子啊！”大家于是惊呼：“太巧了，太妙了，简直不可思议！”

公元前565年4月8日，释迦牟尼诞生！

公元1987年4月8日（古历），释迦牟尼佛指骨舍利从法门寺地宫再现！

激动不已的考古学家们，无法对这实实在在的巧合作出最恰当的解释，他们只是永远记住了这个伟大的时刻。

◎ 第一枚佛指舍利

第二枚佛指面世

◎ 考古工作者清理地宫中室的佛指舍利

这又是一个银星璀璨的不眠之夜。时为公元1987年5月8日21时56分。

专家们又开始了一场清理大行动。在汉白玉灵帐中，发现了一个珍藏着的铁函。铁函重29.9公斤，高52厘米，长宽各58厘米。由于尘封既久，函上的一把大铁锁已经生锈。如果说揭启八重宝函的秘密是完全按碑文记载而“索骥”，那么，眼前这件大铁函却出现了截然不同的情景。不知是物账碑文记载疏忽，还是有别的原因，反正，没有关于铁函情况的只言片语。为了严格而科学地摸清铁函内尘封的隐情，两日前的夜晚，考古专家们在武警战士的保护下，悄悄地将它带到扶风县医院透视室，用医用X光机对它进行了扫描，结果发现，铁函内有异状物。因铁函严重锈蚀，从拍出的X光片看，内部已模糊不清。大家经过反复“会诊”，但总是不得其真正的要领，也不好最后下出定义。

这一次是韩伟最先用一把大铁钳启开了厚厚的函盖。在场的十多双眼睛一齐睁大了。只见铁函内有一木盒，木质大部分腐烂，被红黄二色泥土紧紧地固定于函中，盒下为糊状物，检验不出为何物。启开木盒，盒内是彩绢，整整叠摞九层，每层花色各异。当最后一层彩绢取开时，立见一闪闪泛光的鎏金银棺跃然现出。

这具鎏金银棺的形状和普通民间常见的木棺相似，与庆山寺的金棺更如出一辙。它前高后低，盖成瓦状，前挡高5.5厘米，后挡高3.1厘米。棺身长10.2厘米，宽4.5厘米。棺盖上，前端雕五彩花冠一顶，中间是两只拖着长长尾巴的美丽的凤鸟，好像正齐头并飞，后端饰云头纹。小小的银挡板中间錾有精致的两扇小门，挂一把精制的金锁，左右两面门扇上各镶三排九颗金星似的小金钉，且各雕一位执戟、执钺的金刚力士，力士头上有数朵彩云。小小的银棺后挡上雕一对披发金毛狮，足下流水纹成万顷波浪。棺身左右两侧的棺板上，各雕一位守卫银棺的金刚力士，左执剑，右执斧，气宇轩昂。

整个小银棺置于一座漂亮的雕花金棺床上。棺床壸门座前后分别有五座月形堂门，左右两侧是雕花帘帷。棺床上，铺数层黑色绸绢，绢上织柳叶纹金花。专家们为它定名：鎏金双凤纹银棺。

这时又一个奇迹出现了：当那银棺棺盖轻轻开启时，棺内艳丽如画的织锦上安卧着一枚圣体——佛祖舍利指骨！其大小、色泽、形状、骨质与珍卧于八重宝函中的那枚几乎一模一样！它被定为特级二号。

◎ 地宫中室汉白玉灵帐中的第二枚佛指舍利

神秘的第三枚

◎ 考古工作者清理地宫后室的佛指舍利

关于第三枚佛指的发现，似乎奇特而神秘，颇令人多赞词。

第三枚佛指存放在后室秘龛中刨出的那件铁函中。其实，在铁函面世之初，人们便已将注意力集中在了除八重宝函之外的它的身上。

专家们也总感到，这件铁函为什么这么独特，非要放置于秘龛之内，难道这就是“会昌灭佛”中被法门寺僧众们偷偷藏匿起来的真正意义上的佛指舍利吗？

1987年5月9日上午，陕西省文物局文物处处长张廷皓从西安来到扶风，对考古人员和学者们转达了国家文物局关于开启铁函不得损坏函体的通知。从这个通知的传达中可以看出，扶风县博物馆工作人员的一举一动，都与北京国家文物保护的最高机关保持着紧密的联系。

当天下午，韩伟、张廷皓向凤翔关中工具厂求助，工具厂很快派一位老师傅携带工具来到扶风，协助开启后室秘龛铁函。

一切准备就绪，铁函被搬到工作台上，因年代久远，铁函周身布满锈斑，呈焦茶色。原包裹函体的鲜艳丝绸也早已腐烂朽坏，仅余焦炭状的一少部分粘连于函顶。通过放大镜仔细探视，发现丝绸为罗线织成，其间有金色折枝花及云纹。王㐨、王亚蓉、曹纬等专家，用关中工具厂的刀具小心地清除了函缝中的铁锈。因正面的函缝已锈实，无法开启函盖，考古人员只好再次仔细分析X光透视片。为了严格而科学地探清这只铁函中的隐情，事先考古专家们已在扶风县医院透视室，对函内的一切进行了透视。函内显然有“异状物”，但模糊不清，很难进一步确定具体内容。连续两天，专家们反复对这异状物“会诊”，但总是不得其真正要领。今天的研究仍然没有得到一个满意的解释。

大家决定不再纸上谈兵，只要打开宝函上的子母扣，取出函中物，一切不都真相大白了吗？于是，曹纬用磨制锋利的钢式刀具，凿掉了子母扣中的铁臂，随着函盖轻微地颤动，封闭严实的锈斑全部脱落，函盖毫无损坏地被轻轻打开，里面露出了两枚随球④和几片腐烂变质的丝绸。当这一切做完之后，已是5月10日的凌晨了。

接下来是照相、录像，研究提取丝织品的方案和步骤。意见统一后，韩伟从函中取出两枚随球，王㐨用镊子取出开函时掉在丝绸片上的铁锈渣，并以竹匕剥离四壁粘连的赭红色丝绸片，为防止因通风进气而造成的干燥，考古人员找来湿绵纸盖住暂时不能清理的部分。凌晨1点钟，第一片丝绸被取出，经初步鉴定为罗底蹙金珠袋（用以盛装随球）。大家小心谨慎地将这片丝绸放入已准备好

④ 随球：物账碑中作“随球”，即仿随球而琢磨成的水晶球。《准南子·览冥》注：“随侯，汉东之国，姬姓诸侯也。隋侯见大蛇伤断，以药传之，后蛇于江中衔大珠报之，因曰隋侯之球。”后世遂以隋珠或随珠称传说中的宝珠。

的木盒中，并迅速盖上喷湿的消毒绵纸。由于铁函内的小型鎏金银函紧贴函体，无法用手拿取，极富经验的王㐨便对照X光片，用细长的铁丝探查内部情况，然后编成了长方形铁丝框，套在小型银函之上，轻松地把它取了出来。

由于有了前两枚佛指发现的经验，考古人员初步断定，在这个精美华丽的银函之中，也一定会有佛骨秘藏。出于宗教政策上的考虑，经张廷皓、韩伟等人研究，决定在开启银函前，派车去法门寺将僧人接来。凌晨2点40分，法门寺中的澄观、静一、宽仁等四位法师赶到博物馆工作室，观看银函开启过程。

韩伟将银函暂定名为四十五尊造像盝顶银函（现已更名为鎏金金刚界大曼荼罗成身会造像银宝函），编号为FD5-044-4。文物保护专家王亚蓉轻轻剥离银函上的丝绸，银函慢慢打开，只见内有液体涌动，经测量高于函体底部27毫米，工作人员找来试管收取液体，以作标本。尔后，王亚蓉、王㐨、韩伟等人先后对银函内的物件进行了仔细清理，最后发现了玉棺。

5月10日8点6分，当韩伟揭开玉棺棺盖时，只见又一枚释迦牟尼的灵骨静卧其中。灵骨乳黄，有裂纹，并

◎ 第三枚佛指舍利(灵骨)

有腊质感，同时尚有星星点点的白色霉点附于其上。灵骨因在液体中浸泡千余年，骨质发软而不能摸磨。这枚显然不同于先前发现的两枚玉质灵骨的出现，使人再度想起“会昌灭佛”的记载和它出土的特殊神秘位置。毋庸置疑，这就是历经劫难而不灭的释迦牟尼佛的真身舍利。

根据出土的先后次序，专家们将其命名为“特级三号”。这枚佛骨是当今世界上独一无二、佛教界至高无上的圣物。

随着工作人员的一片欢腾之声，站立一旁的澄观、静一、宽仁等四位法师身披袈裟，以各色罐头及水果糖供奉于玉棺前。缭绕的香雾中，四位法师躬身作揖，《得宝经》诵念声响彻殿宇，震动旷野。

◎法门寺院主持澄观法师（右）和监院静一法师（左）瞻仰佛灵骨

第四枚佛指就在阿育王塔中

5月10日23点，第四枚佛指舍利很快在阿育王塔中发现了。

阿育王塔的全称叫汉白玉浮雕彩绘阿育王塔。全塔由塔座、塔身、塔顶、塔尖四部分组成。那纯而又纯的汉白玉雕刻工艺精湛绝伦，相叠天衣无缝。塔的周身涂色上彩，颇有云飞霞映，天上宫阙之势。

当四面的银质塔门打开时，只见塔身内平放着宝刹单檐铜塔，其形貌与史书记载的释迦牟尼的讲经殿完全一致。塔顶飞檐斗拱，宝珠葫芦状的尖刹，四体四面。前壁的两柱间安放一合双扇金门，金门雕花镂朵，门两侧有菱形小窗，其余三面均有六孔小门。整座塔设于一座须弥座上，须弥座设于方形孔门铜台基之上，每面又有长方形孔门六合。大须弥座上还有宽宽的月台，月台四面各有两位金刚力士守卫。它的四面外围均有护栏柱和雕花栏板。柱上分别有宝珠顶与金毛狮，板上也有金毛狮。月台四面还有通向远方的护栏双边踏步。

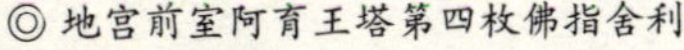

◎ 地宫前室阿育王塔第四枚佛指舍利

就在这座美妙绝伦的铜塔内，盛装着一座明光闪闪的银棺。这个银棺比在中室、后室中发现的要大。经测量，长8.2厘米，高6.4厘米，前挡板上刻着两位坐佛弟子，棺两侧各雕饰着一对迦陵频伽神鸟。棺座也为银质，四面有壶门十三个，饰莲瓣一周。下面又有沉香木雕花棺床。当这口银棺盖被揭开后，又一枚佛指舍利呈现出来。

这枚佛指舍利与最早发现的特级一号、二号，无论是颜色还是骨质都十分接近，少青如玉，细密光泽。这枚佛指舍利被称为“特级四号”。

至此，在法门寺地宫出土的文物中，共发现了四枚佛指舍利，与同一地宫出土的志文碑的记载完全吻合。

四枚佛指舍利，除“特三”灵骨微黄，质地似骨以外，其余特一、二、四号三枚质地均类似白玉，按地宫志文碑称之为“影骨”，也就是仿佛祖真身灵骨而造的附属品。从盛放灵骨的四十五尊造像盝顶银函上那錾有“奉为皇帝敬造释迦牟尼佛真身宝函”的字样分析，这“一身三影”之说是合乎情理的。

发现四枚佛指舍利的消息，一夜之间传遍了整个世界，同时也使湮没沉寂了千年的法门寺，在世界佛教史和考古史上留下了不朽的声名。

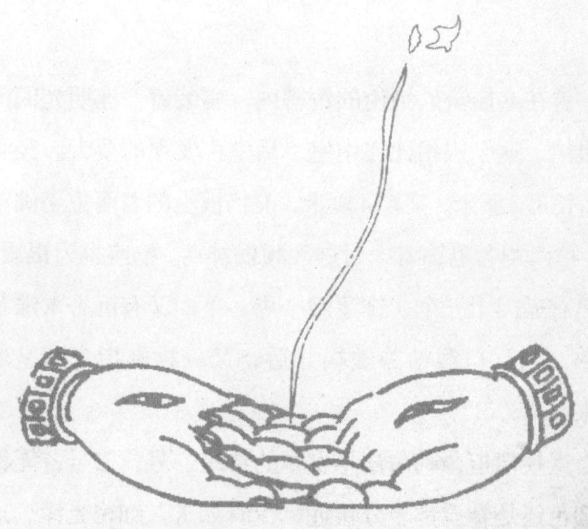

◎ 1988 年重建的仿明代真身宝塔

8

「尾声」

◎ 鎏金三钴杵纹银阏伽瓶

法门寺地宫出土的文物，在扶风县博物馆那戒备森严的工作室里进行了清理。为了满足外界对地宫出土文物的热切关注，也为了避免对此次发掘添枝加叶、曲解演义式的谣传，让公众对法门寺地宫的发掘及出土文物有一个真实的了解，1987年5月13日，陕西省政府决定举办法门寺地宫发掘新闻发布会。在举办会议之前，先由张廷皓、曹纬携带发掘中的有关录像、照片资料赴北京，向有关方面及专家汇报，同时邀请专家们参加文物鉴定会议。陕西省考古研究所所长石兴邦要求在现场的韩伟、王抒对出土文物作出总体评估，并挑选重要照片装订成册，以备后用。

5月22日，中国佛教协会会长赵朴初、副会长周绍良等一行来到扶风瞻拜佛指舍利，并参观了法门寺地宫出土的各类文物，验证了地宫出土的真身志文碑及献衣物账碑。赵朴初指出，法门寺地宫文物的发现，对中国文化、世界文化具有重要意义，他代表中国佛教协会，为法门寺重修真身宝塔捐款10万元。

5月27日，陕西省政府组织召开了由佛教界、历史界、考古界知名人士和知名学者参加的法门寺文物评审会。参加评审的有赵朴初、季羡林、史树青、周绍良、马得志、孙机、蒋若见、李斌成、张弓、黄景略、王抒、王丹华、张长寿、陈景富、宿白、俞伟超、王仲殊、任继愈、张政烺等知名人士和专家。

1987年5月29日，在陕西省政府黄楼举行了法门寺出土文物新闻发布会。会议由陕西省副省长孙达人主持，面对前来参加的100多名中外记者，赵朴初发布了佛指舍利及其他文物发现的消息。

在此之前，关于法门寺地宫发现及文物出土的消息，早已在大众中广泛传播，并成为新闻界追逐的焦点。但有关部门规定，不许任何媒体报道有关消息，关于法门寺地宫的一切内容实行绝对封锁。那些号称神通广大、无孔不入的记者，尽管对此决定和采取的措施极为不满，但却无可奈何。他们只好私下在周原大地走马灯似地来回穿梭，暗中打探，通过各种渠道收集相关的资料，从不同的角度来揭示法门寺地宫的秘密。但就是由于这条全面封锁的不折不扣的规定，使他们草成的稿件极不情愿地躺在抽屉里。万般无奈中，他们只有祈求政府允许公开报道的时日早些来临。

这个日子终于来了。在意料之中，又在意料之外。新闻发布会的召开，如同枯薪投入烈火，瞬间便爆燃飞腾起来。

赵朴初等人刚一讲完，记者们便掀起了一场话筒争夺战，各种肤色、操各种语言的记者争相提问：

“听说地宫出土了武则天的绣裙，是否真有其事？”

“佛骨舍利真是释迦牟尼身上的骨骸吗？”

◎ 中国佛教协会会长赵朴初讲话

一连串的问题未等专家们回答圆满，其他那些急不可耐的记者又将话筒抢了过去。一位日本记者抢到话筒后，感到机不可失，时不再来，便对主席台发出了连珠炮似的提问：“这枚佛骨舍利是如来佛哪一只手上的呢？是左手，还是右手？是哪一个指头上的呢？是拇指？还是中指？还是小指？”借答辩者思考的机会，有三名外国记者欲上前抢夺日本记者手中的话筒，那日本记者抓紧话筒，死不放手……

对于台上端坐的专家、学者来说，科学是严肃的、神圣的，来不得半点虚伪和矫饰。对于法门寺地宫出土的文物，必须有一个科学而准确的评价，如果有一点偏颇或不当的结论，都会贻误世人，祸害匪浅。因此，面对这批堪称宝中之极的文物，尽管他们心中激动、兴奋异常，但在回答时却总是慎之又慎，思量再三，尽可能地达到准确、无误，经得住历史的检验。

赵朴初在回答记者提问时答道：“法门寺地宫出土的四枚佛指舍利，在我国和世界均为首次发现。而且第一枚的发现恰与佛祖释迦牟尼诞辰纪念日4月8日同时。在四枚佛指舍利中，除第三枚外，其余三枚外形大体相同。经过鉴定并与地宫内碑石志文和有关文献勘验，四枚佛骨确系唐皇帝多次迎送的释迦牟尼的真身舍利，其中第三枚为灵骨，另外三枚为影骨。在佛教界看来，影骨也是圣骨，同是佛的真身舍利。需要特别指出的是，这是迄今世界上仅存的佛指舍利。这些佛教界的重宝在封闭千年之后再现于世，的确是世界文化史上的幸事，是世界佛教界特别值得庆贺的大事。地宫中出土的大量佛像、法器、金银器、瓷器、丝织品、雕塑、绘画等，都是前所未见、闻所未闻的。也许大家都已知道，唐代是中国古代文化最灿烂的时期，这次出土的文物，都是宫廷里的精品，代表了当时最高的工艺水平，在当时是无与伦比的，在今天也是极为罕见的。秦兵马俑已经震动了世界，唐法门寺文物也一定会震动整个世界的！”

国家文物鉴定委员会副主席、中国历史博物馆研究员史树青，在回答记者提出的鉴定问题时答道：“我们鉴定、评价一件文物，主要看文物的历史价值、科学价值和艺术价值。这次发现的文物，绝大多数可定为一级甲等！”

原北京大学副校长、教授、中国敦煌吐蕃学会会长、中国东方文化研究会会长季羡林，概括地叙述了法门寺的历史背景，并从古代中外文化交流、唐代历史等角度谈到了法门学未来的研究战略。这位中国文化泰斗充满激情和浪漫色彩的论述，引起了在场的学者、专家和记者们共同的注目和称道。

季羡林说道：“西安，古代长安，在唐代可以说是世界上最大的都会，全世界各重要国家的人民，几乎这里都有。我们知道，文化交流能促使彼此文化的发展，促进经济的发展，能提高生产力，促进社会发展前进。在法门寺发现的不少物品中，有不少的东西表现出明显的文化交流的痕迹。把这些问题研究清楚，就丰富了中外交流史的内容。”

季羡林停顿片刻，接着说：“法门寺地宫伟大的发现，其意义也是极其伟大的。将来还有大量的研究工作要做，需要很多方面的专家来协作，经过相当长的时间，十年、二十年、几十年才能取得圆满的成绩。我相信，同已经兴起的敦煌学一样，研究法门寺文物，也将成为一门国际性学科！”

季羡林的话音刚落，会场上便爆发出雷鸣般的掌声，所有的人都沉浸在老先生描绘的昔日的荣光和未来的憧憬之中。

正在这时，只见从法门寺地宫出土的盛装“特级一号”佛骨的八重宝函，被工作人员捧上会场，并在主席台一一摆开。会场霎时肃然无声，所有的目光都向主席台射去。八重宝函光芒四射，豪气夺人，威武的武警战士笔直地立于两侧。

◎ 前来法门寺做法事的僧尼团(上)
◎ 美国游客在地宫作法(中)
◎ 来自异邦的高僧(下)

惊愕、哗然、骚动。记者们纷纷离席，惊呼着拥向前台，一睹八重宝函的神奇风采。闪光灯咔嚓咔嚓地闪着，雪亮的白光笼罩着八重宝函，整个会场大厅都被照耀得灿烂辉煌……

正如文化泰斗季羡林预料的那样，法门寺地宫文物“将以雷霆万钧之力横扫佛教世界”。自第二天开始，大陆的《人民日报》、《光明日报》、中央人民广播电台、中央电视台、新华通讯社、《瞭望》杂志、《人民画报》以及香港、台湾和数十家国外新闻媒体，都在最醒目的位置和黄金时间向世界各地公布了这一人类文化史上的奇迹，一股强大的“佛骨旋风”席卷全球，整个人类都为这一奇迹的出现“感到了心灵的震撼”，并把惊异的目光骤然投向古老的东方周原大地。

1987年7月8日，法门寺出土文物清理工作全部结束，护宝分队的武警官兵押运全部文物，送至西安某地707室进行修复保养，在圆满完成了守护任务之后，官兵们全部撤离。

1987年7月11日，新华通讯社向全世界播发消息：在武警官兵的严密守护下，中国法门寺地宫中出土的佛指舍利和2900多件珍贵文物万无一失……

千百年来，正是由于华夏子孙这辉煌的梦想和坚韧不拔的意志，法门寺才同我们的民族一道，虽历经劫难而仍屹立在这神奇的土地上，生生不息，灿烂辉煌。20世纪晚钟的余韵已然消散，但一部历史的书卷，除了它已经出现的影响与光芒，还有它更加璀璨的续章。我们用同一颗心祝愿——法轮常转，法门永在，佛光辉煌。

图书在版编目（CIP）数据

佛佑法门——法门寺地宫佛指再世之谜／商成勇，岳南著.—西安：陕西师范大学出版社，2004.12

ISBN 7-5613-3167-3

Ⅰ.佛… Ⅱ.①商… ②岳… Ⅲ.寺庙-简介-扶风县 Ⅳ.B947.241.4

中国版本图书馆CIP数据核字（2004）第119722号

图书代号：SK4N1139

佛佑法门——法门寺地宫佛指再世之谜

作　　者：商成勇 岳南

责任编辑：周　宏

特约编辑：华海玲 李强

装帧设计：木头羊工作室

出版发行：陕西师范大学出版社

（西安市陕西师大120信箱　邮编：710062）

印　　刷：北京汇元统一印刷有限公司

开　　本：610×960　1/12

印　　张：18

字　　数：110千字

版　　次：2005年3月第1版

印　　次：2005年3月第1次印刷

ISBN 7-5613-3167-3/B·77

定　　价：32.00元